書下ろし

襲大鳳《かさねおおとり》(上)

羽州ぼろ鳶《とび》組⑩

今村翔吾

祥伝社文庫

目次

【登場人物紹介】

新庄《しんじょう》藩火消《ひけし》《羽州《うしゅう》ぼろ鳶《とび》組》
頭取《とうどり》　松永源吾《まつながげんご》
源吾の妻　深雪《みゆき》
源吾の息子　平志郎《へいしろう》
頭取並《とうどりなみ》　鳥越新之助《とりごえしんのすけ》
壊し手組頭《くみがしら》　寅次郎《とらじろう》
纏番《まといばん》組頭　彦弥《ひこや》
風読《かぜよ》み　加持星十郎《かじせいじゅうろう》
一番組組頭　武蔵《たけぞう》

加賀《かが》藩火消《加賀鳶》
頭取　大音勘九郎《おおとかんくろう》
頭取並　詠兵馬《ながめひょうま》

八重洲河岸《やえすが》定火消《しじょうびけし》
頭取　進藤内記《しんどうないき》

麴町《こうじまち》定火消
頭取　日名塚要人《ひなづかかなめ》

町火消よ組
頭　秋仁《しゅうじん》

町火消い組
頭　漣次《れんじ》
鳶《とび》　慎太郎《しんたろう》

町火消め組
鳶　藍助《あいすけ》

町火消に組

頭　辰一《たついち》

副頭　宗助《そうすけ》

鳶　慶司《けいじ》

新庄藩御城使《ごじょうし》

折下《おりしも》左門《さもん》

老中《ろうじゅう》

田沼《たぬま》意次《おきつぐ》

元飯田町《いいだまち》定火消頭取

故　松永重内《じゅうない》

元加賀藩火消頭取

故　大音謙八《けんぱち》

元尾張《おわり》藩火消頭取

故　伊神甚兵衛《いがみじんべえ》

「襲大鳳　羽州ぼろ鳶組」の舞台

序章

火消《ひけし》になってから今ほど疲労困憊《こんぱい》したことはない。躰《からだ》が綿《わた》のように感じる。とにかく眼前の炎に立ち向かうのに必死で、一体どれほど時が経《た》ったのか判《わか》らなくなっていた。少なくとも丸二日間は眠っていないはずだった。その間、一度も飯を食っておらず、火に浴《あ》びせるための水を手桶《ておけ》から何度か飲んだだけ。

猛威《もうい》を振るった炎も、ようやく鎮火《ちんか》したという報が広がっている。普段なら歓《かん》喜《き》の声を上げるところだが、町のどこからもそれは聞こえてこない。あまりに被害が甚大《じんだい》だということを火消が最もよく解っている。

此度《こたび》の火事は、明暦《めいれき》の大火以来と言ってよい。甚大な被害を出したのは明らかだが、今の段階ではどれほどの人が死に、怪我《けが》人が出て、幾つの建物が焼けたか、まだ解《わか》らない。これから火事場見廻《かじばみまわり》によって明らかになっていくはずだが、恐らく耳を塞《ふさ》ぎたくなるだろう。しかし、これでもまだましである。

——大音《おおと》様がいなけりゃ、江戸は消えていた。

町火消《まちびけし》に組の頭《かしら》、卯之助《うのすけ》は消し炭となった瓦礫《がれき》の先、炎を免《まぬが》れた何事も無かったかのように残っている町を見つめた。

宝暦《ほうれき》六年（一七五六年）霜月《しもつき》（十一月）二十三日未明、林大学頭《はやしだいがくのかみ》の屋敷から出火。それは風に乗って広がり、次々と町を呑《の》み込んでいった。火消が銘々《めいめい》で応戦しても埒《らち》が明かないと考えた大音謙八《けんぱち》は、

――連合してこの難事に当たる。

と表明。全ての火消を指揮下に組み込み、本陣を構えてそこから采配《さいはい》を振るった。

江戸中に一万を超える火消が入り乱れていたはずだが、謙八はそれを見事にやり通したのだ。卯之助も消火の最中、幾度か本陣に報告に行ったが、謙八の振る舞いには感嘆《かんたん》の声を上げてしまった。

如何《いか》なる苦戦の報を受けても動じることなく、的確な指示を与え、時に熱を込めて励まして鼓舞《こぶ》し続けた。ようやく炎の勢いは弱まり、一応の収束は見たが、各地の残り火を徹底的に根絶しなければならない。たった一つでも残していれば、また元の木阿弥《もくあみ》となってしまうためである。

そのような中、謙八から己に指示が来た。

――早くも林大学頭屋敷の検分《けんぶん》が始まる。火事場見廻に同伴して欲しい。

此度の大火を引き起こしたのは、たった一人の男である。彼はかつて伝説の火消と呼ばれた。そして後に火付けの下手人《げしゅにん》としても伝説になるだろう。いや、これは闇《やみ》から闇に葬《ほうむ》られるかもしれない。それほどこの男に纏《まつ》わる事情は根深く、幕府の威信《いしん》を大きく傷つけることになる。故《ゆえ》にようやく火が落ち着いたばかりというのに、検分をしようとしているのだろう。

——火事場見廻だけでは不十分。火消も立ち会わせて頂きたい。

謙八はそのように申し入れたらしい。火事場見廻が不甲斐《ふがい》ないということもあるが、謙八としては別の思惑《おもわく》もあるようだ。火元となった林大学頭屋敷には、己たちの仲間が残されている。事件を闇に溶かすのは仕方ないとしても、彼がぞんざいに扱われるのだけは何としても避けたいという想いである。

火事場見廻も反発したが、謙八はこの大火を止めた大殊勲者《しゅくん》である。それが己の手柄などどうでもいい、ただこの一事だけは絶対に譲《ゆず》れぬと押し通したという。

かといって謙八はまだ全体の指揮を執《と》らねばならず、心通じた者に行かせたいと考え、卯之助に白羽《しらは》の矢が立ったという訳であろう。

火事場見廻と共に林大学頭屋敷の前に立った卯之助は、喉《のど》を鳴らして手で口を覆《おお》った。柱や梁《はり》は消し炭になっており、一部が崩落して、屋敷であった名残《なごり》さえも失われている。鼻を衝《つ》く異臭が立ち込め、地面もまだ熱を持っているのか近寄ると風が生温かいものに変わった。

屋敷には二人の男が残った。一人はこの大火の下手人。そしてもう一人はそれを救い出すことを最後まで諦《あきら》めなかった男である。

「松永《まつなが》様……」

卯之助は声を漏《も》らした。周囲の火事場見廻や、その配下にも聞こえぬほどの小声である。

松永重内《じゅうない》。飯田町定火消《いいだまちじょうびけし》の頭。とにかく鷹揚《おうよう》な男で、ややもすれば愚鈍《ぐどん》とも取れるほど。その異名の「鉄鯢《てっけい》」は、鯢《さんしょううお》の如《ごと》く鈍《にぶ》いからだと思っていた。

——だが違った。

卯之助は屋敷だった地に足を踏み入れる前に、手を合わせて瞑目《めいもく》した。

鉄鯢は重内を唯一認めていた大音謙八が、火事場読売《よみうり》書きにこのような名が良いのではないかと薦《すす》めたものだった。その真意は鯢の如く動じず、鉄の如き火消の意志を宿しているということだと、今ならよく解る。

火消の歴史に残る名は大音謙八のように華々しく活躍した者だろうが、己はこの男の名を生涯忘れないだろう。そして願わくは、彼の火消としての意志が、これからの火消たちに受け継がれていくことを望む。

「入るぞ」

「へい」

火事場見廻に促《うなが》され、卯之助は歩を進めた。水に濡れた炭を踏むと、きゅっと音が鳴る。それがまるで己を誘っているように思えた。

「何処《どこ》だ。早く探せ」

火事場見廻が言うが、視野の広さから「千眼《せんがん》」の二つ名で呼ばれる己は、すでに見つけてしまっている。卯之助は言葉を返すことなく、一歩、また一歩と近づいていった。

「お疲れ様です……松永様」

痛ましい亡骸《なきがら》があった。重内には一人息子がいる。この亡骸を本当に見せて良いのか。己は火消になったのは遅いが、その分、様々な者を見て来たからか、人の情の機微《きび》を見るに長《た》けているなどと言われることもある。その辺りの判断もつけるため、謙八は己を向かわせたのかもしれない。

「何……」

己の身を冷気が包んだように感じられた。胸が詰まり、思いを馳《は》せていたから、すぐには気付かなかった。この火事場は明らかにおかしい。あるべきものが無いのである。

「ありえねえだろ」

卯之助は周囲をもう一度見渡したが、やはり無い。まるで神隠しに遭《あ》ったように消えているのだ。火事場見廻が己の様子に気付いたようで、配下を呼んでこちらに集まって来る。

「こりゃあ大変なことだぞ……」

すぐに謙八に伝えねばならない。心がより一層重く深く沈む。再び向き直り、卯之助は半纏《はんてん》を脱いで、最後のひと時まで諦めず、そしてそれをやり遂《と》げた仲間にそっと被《かぶ》せた。

第一章　青銀杏《あおいちょう》

一

新庄藩火消頭取《しんじょうひけしとうどり》・松永源吾《げんご》は軒先《のきさき》で唸《うな》りつつ小刻みに団扇《うちわ》を動かしていた。残暑の厳しい年であったが、ここ数日は秋の香りを感じる爽《さわ》やかな風が吹き始めている。暑がりの性分《しょうぶん》とはいえ、流石《さすが》にじっとしていれば汗は出ない。ただ季節を問わず、熱中している時に額《ひたい》から汗が噴き出すのだ。

「少し、待ってくれ」

源吾は落とした視線を動かさぬまま言った。

「よかろう」

向かいに座るのは藩の御城使《ごじょうし》を務める折下左門《おりしもさもん》。己を新庄藩に引き込んだ切っ掛けにして、今では最も心を許している男である。左門は袖《そで》の中に手を入れて腕組みし、微《かす》かに色づきはじめた庭の木々を茫洋《ぼうよう》と眺めている。

「何かあるはずだ……」

「ふむ」

源吾の真剣な声に対し、左門は受け流すように柔らかく応じる。

「こうして、こうして……駄目《だめ》だ」

首を振ってまた一から考えはじめた時、奥から妻の深雪《みゆき》が姿を現した。

「お茶を淹《い》れ直しました」

「深雪殿、お手間をかけてすまない」

すでに己とは肝胆《かんたん》照らす仲であるが、今でも左門は折り目正しく礼をする。一方の源吾は思考に没頭《ぼっとう》しており、相槌《あいづち》すら打つのを忘れてしまった。深雪が空《から》になった湯飲みを下げ、新たに湯気の立つ湯飲みを二つ置く。それでまた下がっていくはずが、盆《ぼん》を小脇に置いて己の横にちょこんと座った。

「あ、すまん。気づかなんだ」

顔を上げると、深雪は先ほどまで己が見ていた先を凝視《ぎょうし》している。

「旦那《だんな》様」

「うん？」

「これ、詰んでいます」

源吾と左門の間には将棋盤がある。本日は非番ということもあって、左門と対局の約束を交《か》わしていたのだ。源吾はこれまでにすでに二敗を喫《きっ》しており、今度こそはと意気込んだ一局であった。

「嘘《うそ》だ」

「本当です」

「だいたい判《わか》るのか？」

「はい。父上がお好きで」

「いや、他に道があるはず……例えばここに香車《きょうしゃ》を打てば」

源吾はちょいと指を差す。

「残念ながら、それはこの角《かく》が利《き》いています」

「なるほど。いや、まだどこかに……」

「諦《あきら》めが悪いのは知っています」

左門が噴き出して、二人が同時に顔を上げる。

「いや、すまない。なかなかこのような夫婦も見かけない。思わずな」

二人して将棋盤に視線を落とし、ああだ、こうだと論じる様《さま》は確かにあまり見かけないものだろう。

「深雪殿は達者《たつしゃ》そうだ」

左門はふと口元を緩《ゆる》める。

「じゃあ、やはり……」

源吾は苦々しく頰《ほお》を歪《ゆが》めて項《うなじ》を掻《か》いた。

「ああ、悪いな。詰んでいる」

「くそっ」

源吾は弾《はじ》かれるように仰向《あおむ》けに倒れた。

「もう一局指すか？」

穏やかな調子で左門が尋《たず》ねる。

「もういい。もう少し修業を積む」

「深雪殿に鍛《きた》えてもらえ」

左門は少なくとも深雪の腕前が、己より上であることを見抜いているのだろう。

「嫌だ」

「まあ」

深雪は丸い声を上げてこちらを見下ろす。源吾はばっと身を起こして胡坐《あぐら》を掻いた。

「妻に将棋を教えて貰うなんて聞いたことがねえ。星十郎《せいじゅうろう》だな」

「確かに。加持《かじ》殿はかなり強そうだ……ところで、心配ないのか？」

左門の表情が引き締まる。この夏、星十郎が尊敬し、慕《した》っていた山路連貝軒《やまじれんがいけん》が逝《い》った。実の父である孫一《まごいち》もすでに鬼籍《きせき》に入っている中、連貝軒の死は相当に応《こた》えたのではないかと心配しているのだ。

「もう昔のあいつじゃねえ。きっと乗り越えられる」

「人は良くも悪くも変わっていくものか。お主《ぬし》の諦めの悪さは、一向《いっこう》に変わらぬがな」

左門はまた微笑《ほほえ》みを浮かべつつ続けた。

「初めてお主を見かけた時もそう。不思議なものよ。ここにいる三人、皆があの場にいたのだからな」

今から十七年前、九段坂《くだんざか》飯田町で火事があった。火元はとある商家で、備蓄《びちく》の油に火が移ったことで大炎上したのである。そこに当時十八歳だった源吾が駆《か》けつけた。飯田町定火消《じょうびけし》の頭《かしら》に就任して間もない頃の話であった。

隠れ鬼をしていて姿が見えない娘がいるとのことで、源吾は燃え盛る商家の中

に捜しにいこうとした。その時、野次馬《やじうま》の中から、

――人がみすみす命を落とさんとするのを黙って見ておれるか！

と、己を止めた者がいた。これが何を隠そう当時十九歳だった左門なのだ。野次馬からこのように引き留められたことは後にも先にも無い。この熱血ぶりを好《この》ましく思ったのは確かである。

――俺もそうさ。

源吾はそう言い残して商家の中に踏み込んだ。左門はこの時の光景が目に焼き付いて離れなかったらしく、新庄藩火消を立て直すために火消を集めねばならぬという時、真っ先に己の名を挙げたのだ。

「あの頃の旦那様は、今の新之助《しんのすけ》さんよりお若いですものね。もっと厳《いか》めしいお顔で、危ない人が来たと思ってしまいました」

深雪がくすりと笑った。左門が三人と言ったように、深雪もまたその場にいた。隠れ鬼の途中、姿が見えなくなったという娘こそ、この深雪なのだ。夫婦《めおと》になった後も深雪はそんなことはおくびにも出さず、源吾が初めて知ったのは明和《めいわ》九年（一七七二年）の大火の折。僅《わず》か二年前のことであった。

「だからあの時、逃げたのか」

源吾は片目を細めて顔を顰《しか》めた。これまで幾多《いくた》の火事場に臨《のぞ》んだが、あの日のことはよく覚えている。押し入れに隠れていた幼い女子を見つけたが、こちらが手を差し伸べても初めはぎゅっと身を縮めた。

「確かにあの頃から、お主はあまり変わらぬな。老《ふ》け顔は歳を重ねてもそのままというのは真《まこと》らしい」

「左門まで……」

源吾は苦笑してこめかみを指で掻く。

「早くから修羅場《しゅらば》を潜《くぐ》り抜けてきたということだろう。後に調べたら、すでに火消番付《ばんづけ》にも名のある有名な火消だと知ったからな。確か東の前頭《まえがしら》の……」

「十三枚目」

「それって……」

深雪が口元に指を当てて視線を上げる。

「あいつと一緒さ」

あれは己が初めて番付に載った年でもある。図《はか》らずも今の新之助の番付とぴたりと同じであった。翌年以降は凄《すさ》まじい勢いで番付を上げ、数年後には今と同じく西の大関《おおぜき》となった。星十郎の父で天下無双《むそう》の風読《かぜよ》みである孫一が加入したこと。後は上位の火消が相次いで殉職《じゅんしょく》したり、引退を決めたりしたことも理由に挙げられるだろう。

「流石に初めての番付入りとあってよく覚えているな」

左門は感心したように言う。今では番付に興味を失っているが、若い頃の己はやはり意識していた。それに忘れられない訳は他にもある。

「何であいつと同じなんだって、当時はむかついてたからな」

「あいつ?」

深雪が茶を啜《すす》る。それは俺のではなかったのかと心の中で呟《つぶや》いた。

「ああ、菩薩《ぼさつ》野郎さ」

前年、これも初の番付入りで東前頭十三枚目に挙げられたのが、八重洲河岸《やえすがし》定火消頭だった進藤内記《しんどうないき》だったのである。思えば初の番付入りでそこに位置した者は、後に必ず三役に入っている。それを新之助に言うと飛び上がって喜ぶだろうから、決して言うまいと心に誓った。

「黄金《こがね》の世代だな」

「黄金の世代ですね」

左門と深雪の声が重なり、向き合って笑う。

「二人とも知っているんだな」

当時は火消と縁遠かった二人。知っていることが意外であった。

「それはもう。有名でしたもの。誰を応援しているかって、年頃の娘たちのあいだでよく話題に上っていました」

その頃、深雪はまだ十一、二歳だったはずだが、少しませていたため、年上の娘たちと話すこともままあったらしい。

「何……誰が一番人気だったんだ？」

聞き捨てならないと、源吾は身を乗り出した。

「一番は大音様」

「だー……やっぱり！　あいつ不愛想《ぶあいそう》な癖《くせ》に、昔から何故か女受けがいいからな」

加賀鳶《かがとび》という火消の名門に生まれたということもあり、火消好きたちは勘九郎《かんくろう》を平家《へいけ》の公達《きんだち》のように扱う。そのためか、あの冷淡さも年ごろの娘には涼《すず》やかで恰好良く映《うつ》っていたらしい。

「二番は？」

左門は楽しげに深雪に尋ねた。源吾は憮然《ぶぜん》としながらも耳を傾けた。己はここにも入らないのではないかと直感が告《つ》げている。

「ええと……」

深雪が言いづらそうにしているので、誰なのか察しがついた。

「内記か」

「はい」

八重洲河岸定火消といえば、曲輪内《くるわうち》に屋敷を構えていることから、時に大火に対して御城の最後の守護者とも語られる。それでいて内記は「表向き」には物腰柔らかな優男《やさおとこ》として通っており、分《わ》け隔《へだ》てなく人々に接するのだ。先ほどから何度か話題に上ったこともあり、源吾はふと考えた。

——いつからあいつは変わったんだ。

と、いうことである。元々あのような冷酷な男であり、己が気付かなかっただけと考えたこともある。だが、若い頃に行動を共にしていた時、己は内記から不穏《おん》なものを感じなかった。それ以前も出世を争う者と意識こそしていたが、決して腹黒い印象を受けたことはなかったのである。

大学火事《だいがくかじ》の時、内記は己たちを裏切った。いや、当人も言ったように、初めから仕組んで嵌《は》めようとしていた。あれ以来、内記が浮かべる笑みは全て作り物としか思えなくなった。上に阿《おもね》り、下を利用してでも出世に邁進《まいしん》する姿をずっと見て来たし、実際に過日《かじつ》の事件では己の出世のために非道《ひどう》なこともしてのけていたことまで判明した。

あれほどのことをしておきながら、あの男には得体《えたい》の知れぬ魅力があるのか、あるいは誑《たぶら》かすのが上手《うま》いのか、定数のうち、半数が八重洲河岸定火消を去った後にも、残る半数は留まっている。

「三番手は……そろそろか？」

源吾は茫《ぼう》としていたが、左門の一言で我に返った。左門が妙にこの話に乗り気なのが可笑《おか》しい。

「漣次《れんじ》だろ」

「正解です」

源吾は舌打ちして諸手《もろて》を背後について仰《の》け反《ぞ》った。今ではい組の頭になっている己と同い年で同期の町火消。優《すぐ》れた跳躍力もさることながら、人並外れた握力で小さな手掛かりさえあれば、どこにでも上る。江戸三大纏師《まといし》の筆頭である。そもそも火消の中で、最も華やかな纏持ちはやはり人気が高いのだ。

「ふむ。源吾は四番手か」

左門は少し不服そうに唸った。だが、深雪がすぐに答えないことで違うと知れる。左門が当然とばかり言うものだから恥ずかしくなってくる。

「秋仁《しゅうじん》さんです」

「解る気がする」

源吾は小声で言って将棋の駒を片付け始めた。秋仁はもとは孤児《みなしご》で、同じ境遇の者たちの面倒を見ているうちに、無頼《ぶらい》の若者たちの兄貴分に押し上げられた。そこから辰一《たついち》への対抗心から火消になったという変わり種である。若い娘の中には、やんちゃな男に惹《ひ》かれる者もいよう。それに年下の男に慕われるだけでなく、年上の源吾から見ても可愛《かわい》げがある。

「五番目は？」

自分でも気づかぬうちに拗《す》ねているのだろう。どこかぞんざいに訊《き》いてしまった。

「旦那様」

「よし。ざまあみろ、辰一」

せめて己より下がいたことで、大人《おとな》げなくも拳《こぶし》を握りしめた。

「深雪殿はその頃から？」

　左門が訊かぬでもいいことを尋ねる。

「ええ、当然です」

「ふうん」

　今更《いまさら》とは思うものの内心では嬉《うれ》しいというのが本音であった。それを表に出さぬように興《きょう》なさげに返す。

「次が辰一さん。やはり皆さん怖いようで」

「あれはあれで、いいところあるんだよ」

「まあ、急に庇《かば》いはじめて」

「俺より下だからな」

　源吾はけろりと笑って己の膝《ひざ》を叩《たた》いた。

「最後は晴太郎《せいたろう》さん」

「おいおい、あれはあいつが勝手に言っているだけだぜ？」

　あ組の晴太郎も己や漣次と同じく、全く同年生まれの同期である。だが火消になった当初はその存在も殆《ほとん》ど知られず、いわゆる「黄金の世代」と一括《ひとくく》りに呼ばれたことはない。だが、どうした訳か、その頃から晴太郎は勝手に己に対抗心を燃やし、

——お前が入って、俺が入っていないのは何かの間違いだ！

と、顔を真っ赤にして言っていたのを覚えている。他の者にもそう喚《わめ》いているのを聞いたことがあるので、それが人の口を経《へ》るうちに、晴太郎もその中に数えられたということになっているのだろう。

「今、名の挙がった者たち。番付入りも同じ年か？」

このような昔話は滅多《めった》にしないため、訊いた左門だけでなく、深雪も興味があるらしく身を乗り出す。

「勘九郎が西の前頭十二枚目。辰一が西の十四枚目。漣次が東の十五枚目。秋仁が東の十六枚目。内記は……その年は西の八枚目だ。晴太郎は余裕の番外」

今でもすらすらと言えることに己でも些《いささ》か驚いた。勘九郎に負けたこと、内記から大きく引き離されたことが当時かなり悔しかったからであろう。

「そう考えれば、当家の者は相当優秀ということか」

左門は誇らしげに言った。元は万《まん》組の頭だった武蔵《たけぞう》は別として、星十郎、彦《ひこ》弥《や》、寅次郎《とらじろう》、新之助と皆が火消になって三年目に番付入りを果たしている。星十郎などは一気に前頭筆頭に上ったのだから、快挙であることは間違いない。だが、それには事情があった。

「あの大火でだいぶ逝っちまったからな……」

源吾は煙草盆《たばこぼん》を引き寄せ、煙管《きせる》を手に取った。

明暦以来の大火が起こったのは二年前のこと。炎は江戸中を駆け巡り三日間に亘《わた》って燃え続けた。九百三十四の町々、百九十六の大名屋敷、三百八十二の寺社が類焼し、死者は一万四千七百人を数えた。他に行方不明になった者も四千人余いると言われている。

死者の中には、炎に立ち向かった火消も相当数含まれており、その数は千を超えたとも。明暦の大火が起きた当時は、今ほど火消が整備されていなかったこともあり、比べられない。つまり現在の火消制度が整ってより空前絶後《くうぜんぜつご》の被害だった。

番付火消も半数が散った。に組の副頭を務める宗助《そうすけ》の父「不退《ふたい》」の宗兵衛《そうべえ》。秋仁の弟分で、よ組の副頭であった「鈴虫《すずむし》」安治《やすじ》などもそうである。

他にも一連の火事で、源吾が子どもの頃からの熟練の火消であった「白狼《はくろう》」の金五郎《きんごろう》も殉職した。新之助の父である蔵之介《くらのすけ》もまたその一人である。そのような特殊な状況であったため、配下の皆は初めての番付入りでかなりの上位に挙げられたのだろう。

「お主の頃は違ったか」

「ああ、凄腕《すごうで》がわんさかいて、上は詰まっていたさ」

まずは勘九郎の父の大音謙八、仁正寺《にしょうじ》藩火消・柊《ひいらぎ》与市《よいち》の祖父の古仙《こせん》、辰一の義父の卯之助、先ほども名が挙がった、今はに組に加入した元番付狩りの慶司《けいじ》の父である金五郎もいた。他に頭以外でも名の知れた火消は沢山《たくさん》おり、加賀鳶一番組頭を務め、「疾刻《しっこく》」の異名を取った譲羽《ゆずりは》十時《ととき》などはその最たる者であった。

「凄い方々だったのですね」

彼らが現役だった頃、深雪はまだ十歳にも満たない子ども。さすがに当時の記憶はあまりないだろう。

「ああ。大音様は腕もさることながら人品《じんぴん》優れた火消だった。海鳴爺《うみなきじじい》……古仙の爺さんなんて、身丈六尺二寸（約一八六センチ）の大男で、齢《よわい》六十を超えてあの辰一を取り押さえたって化物さ」

今思い出しても己があれほどに達しているとは思えない。まさしく綺羅星《きらぼし》の如《ごと》き世代であった。

「今、その方々は？」

左門の問いに、源吾は煙管に刻みを詰めつつ答える。

「大音様と譲羽十時は十五年前の加賀大火で死んじまったし、古仙の爺さんは俺が火消を辞める前年の明和元年に病《やまい》でな。金五郎は三年前だろ……今残ってるのは引退した卯之助くらいか」

「そうか……」

名を挙げた殆どの火消が、炎との闘いで死んだと知ったからだろう。左門は声を詰まらせた。

「でも入れ替わるように、与市、け組の燐丞《りんじょう》、め組の銀治《ぎんじ》、米沢《よねざわ》藩火消の沖也《おきや》が火消になったのもその頃。そうして巡り、受け継がれるのさ」

自家、自組の単位で若手を育《はぐく》んでいくことは当然だが、火消全体を見渡しても世代を牽引《けんいん》する人材を生み出さねばならない。その連鎖が途切れて世代の空白が出来ると、江戸の安全が脅《おびや》かされる時代が生まれてしまうことになる。

大音謙八、柊古仙が高齢になっても火事場に立ち続けたのは、その空白を埋めるためだったのだろうと今では判る。彼らと、己たちを繋ぐ世代には突出《とっしゅつ》した火消が少なかった。僅《わず》かな例外が、火消始まって以来の英傑《えいけつ》と呼び声高かった尾張《おわり》藩火消「炎聖《えんせい》」伊神甚兵衛《いがみじんべえ》。変幻自在《へんげんじざい》の戦術と優れた人格で、甚兵衛に勝《まさ》るとも劣《おと》らぬ天才と呼ばれた内記の兄「虹彩《こうさい》」の進藤靭負《ゆきえ》。この二人が早々に火消から退場したことで、上の世代が踏みとどまらざるを得なかったのであろう。

「それに比べれば、大火であれほど火消が散ったのに、今はまだ上手く回っているほうさ」

源吾は熾《おこ》った炭を鉄箸《てつばし》で挟《はさ》んで煙管に近づけた。

己らの次世代の与市、燐丞、銀治、沖也などは中堅の火消として機能している。素性《すじょう》こそ知れぬものの、火消の腕は確かな日名塚要人《ひなづかかなめ》のような人材もおり、今はなかなかに層が厚い。名のある火消で欠けてしまったのは、江戸三大纏師の一角だった鮎川転《あゆかわうたた》くらいのものか。

その次は当家の新之助、加賀藩の牙八《きばはち》、に組の宗助あたりが担《にな》えばいい。さらに、い組の慎太郎《しんたろう》、め組の藍助《あいすけ》、に組の慶司などの気骨《きこつ》のある新人も増えている。

「火消番付が出来てからってもの、若い連中がこぞって憧れて火消になってくれるからな。悪いこともあるが、いい点もあるってことさ」

源吾はぷかりと煙を吐きながら言った。

「火消番付といえば、そろそろだな」

左門は思い出したように軽く手を叩いた。技量や一年間の働きぶりによって序列が入れ替わり、年始には新たな火消番付を載せた読売《よみうり》が売り出される。これがまた売れに売れるのである。

「若手が浮足立つ頃さ」

源吾は苦く片笑んだ。秋から年末に掛けてが、活躍を示す最後の期間になる。この頃になると番付を意識して、無謀な挙に出る若手が現れるのは今に始まったことではない。

「鳥越はもう心配ないだろう？」

些か不安そうに左門が眉《まゆ》を垂らした。

「どうだろうな。もう解っているとは思うが」

新之助も昨年の今頃は口を開けば番付と言っていた。目標の一つにするのは悪いことではないが、それだけに拘《こだわ》るのがいかに愚かであるか、十分に教えたつもりではいる。

芳《かんば》しい乾いた風に吹かれ、暫《しば》しの無言が流れた。こうして季節は流れていく。きっと何十年、何百年経《た》とうとも火消の戦いは終わらないだろう。だからこそ世とそこに暮らす人々の安寧《あんねい》のため、想いを紡《つむ》いでいかねばならない。そのようなことを茫と考えながら、秋空にゆっくり溶け込んでいく紫煙《しえん》を眺めていた。

二

非番の日、町火消い組の新人火消の慎太郎は、折り畳んだ切絵図《きりえず》を手に江戸の町を歩いていた。切絵図を頭に叩き込むのも、こうして町を歩いて見て回るのも、火消としては基本の基本である。

今年、人気のある家や組だけに新人が集中しないよう、鳶市《とびいち》という制度が導入された。火消を志す新人が、走る、俵《たわら》を投げる、梯子を上るなどの三種で技を競い、それぞれの家や組が欲しい人材を指名するというもの。

己は三種全てで優秀な成績を収め、一番多くの指名を受けた。重なった場合は籤引《くじび》きが行われる。その結果、己は町火消の雄、い組に加わることになったのである。

——すぐに番付火消になってやる。

慎太郎はそう意気込んでいたし、自信もあった。だから、教練の途中、動くなと命じられていたにもかかわらず、何人かの鳶と抜け駆けして火事場に向かった。

火元の隣の屋根に上って桶で水を浴びせはじめた時、建物が崩れ、気付けば瓦《が》礫《れき》の下敷きになっていた。瓦礫に塞がれて真っ暗闇の中、徐々に炎が迫るのが判り、初めて死が忍び寄る恐怖を感じた。その窮《きゅう》地《ち》から救ってくれたのは、新庄藩火消頭で見習いたちの指南役も務める、松永源吾をはじめとする先《せん》達《だつ》たちだった。

事件後、頭である漣次からこっぴどく叱《しか》られた。それでなくとも、いかに己が甘かったかということを思い知った。慎太郎が頭付きを命じられたのはその直後のことだった。暫くは目を離せない半人前と見做《みな》されたと思い、肩を落としたものである。しかし先達の鳶は、頭付きは武士の小姓《こしょう》のような存在で、将来に期待しているのだと言ってくれている。

ならば、と頭の期待に応えるべく、こうして非番の日も一人前に近づくために町を回っているのだ。

い組の管轄は何度も回って頭に入った。故《ゆえ》に最近は他の場所にも足を延《の》ばすようになっていた。本日は牛込《うしごめ》まで来ており、肴町《さかなまち》に差し掛かったところで慎太郎は歩を止めた。

「あれ？　この道が無くなってるぞ……」

切絵図では猫道があるはずなのだが、そこは真新しい壁で塞がれている。大名や旗本は頻繁《ひんぱん》に屋敷替えが行われるし、潰れる商家もあれば、新たに商いを始める者もいる。火事が起これば町そのものが移ることもあり、新しく火除《ひよ》け地が作られることもある。その中で消える道も生まれる道もあり、なかなかややこしい。

「この道にはもう入れねえのかな。どう思う？」

慎太郎は首を振って尋ねた。今日は一人ではない。同期でこちらは、芝《しば》を管轄とするめ組に入った藍助と一緒なのだ。非番の日が重なることが判ったので、誘い合わせた。

「うーん……ぐるりと回ればよさそうだから、こっちじゃない？」

切絵図を覗《のぞ》き込んだ後、藍助は道を指差す。

「いや、それじゃ離れていっちまうだろ」

「あれ？　この道じゃないの？」

再び藍助は切絵図を見て指でなぞる。

「この道はこっちだって。反対だろ。お前、本当にこういうのが苦手だな」

「うん……昔からね」

藍助は苦く笑って、ちょこんとした鼻を指で掻いた。一刻も早く火事場に駆け付けなければならない火消にとって、これは致命的のようにも思える。藍助は道に迷いやすいだけでなく、走ることも、上ることも己の足下にも及ばない。例の鳶市では三種全てでどんじりだった。

それでも慎太郎は藍助が火消に向いていないとは思わない。それを補って余りある、優れた能力を持っていることを知っているからだ。

先般《せんぱん》の火事で己が生き埋めになった時、火消たちは火薬を使って、至極《しごく》珍しい方法で炎を消した。これは理の上では可能なのだが、炎の流れを完全に読み切らねばならず、熟練の火消でも極めて難しいのだと後に聞いた。その炎の流れを読んだ者こそ、この藍助だった。

それまで藍助のことを見下していた己であったが、素直に感謝すると共に、その力を羨《うらや》ましいと思った。どうすればそのような目を養えるのかと、頭に訊いたところ、

「慎太郎、ありゃあ無理だ。諦めろ」

と、にべもない言葉が返って来た。何故《なぜ》かとさらに問うと、頭は己のような新人にも嫌がらずに詳しく説明してくれた。

まず頭は火消になって十七年。特筆すべき力を持った火消を数多く見てきたという。頭に依《よ》れば、それら優れた火消は大きく四つに分けられる。

一つは並外れた怪力、跳躍力、俊足、握力などを持つ者である。例を挙げるならば怪力では新庄藩の壊し手「荒神山《こうじんやま》」寅次郎。跳躍では同じく新庄藩の「谺《やまびこ》」彦弥、罪人として島流しにあった本荘《ほんじよう》藩の「天蜂《てんほう》」鮎川転。俊足では米沢藩の「春雷《しゆんらい》」沖也がずば抜けている。そして跳躍に加えて常人ならざる握力を有しているのが頭の漣次本人である。全てが人並以上の慎太郎はまずはここに入るだろうという。

「お前を数倍にしたのが辰一な。あの化物にちょっかいを出すなよ。殺されちまうぞ」

苦笑しながら付け加える頭に対し、その雷名《らいめい》を耳にしていた慎太郎はこくこくと頷《うなず》いた。

二つ目は優れた五感を持つ火消。聴覚では新庄藩頭取の「火喰鳥《ひくいどり》」松永源吾の右に出る者はいない。

視覚ではすでに引退したが辰一の父、「千眼」の卯之助が遠く広く見渡すのに長《た》けていた。他にも加賀鳶頭取並《とうどりなみ》の「隻鷹《せきおう》」の異名を取る詠 兵馬《ながめひようま》などは、火事場を一見《いっけん》するだけで天空から見たように建物の構造を把握するという。

嗅覚《きゅうかく》では加賀鳶二番組頭の「煙戒《えんかい》」清水陣内《しみずじんない》。煙を読むのに長けているのは、その人並外れた嗅覚に起因していると頭は見ていた。

「味覚なんて役に立つんですか？」

慎太郎は眉を寄せたが、頭は人差し指を軽く振りながらにやりと笑った。

「それが役に立つんだ。これは義平《ぎへい》だな」

加賀鳶六番組頭「灰蜘蛛《はいぐも》」の義平。元火事場見廻《かじばみまわり》の下役で、焼け跡の痕跡《こんせき》から火元はどこなのか、どのように火が回ったのかを調べることに長けている。這《は》いつくばって灰を追う様からその二つ名が付いた。

この義平、灰の流れを見るだけでなく、時に舐《な》めてみるらしいのだ。一口に灰というが、燃えた物や燃え方の速さなどにより味が変わるという。常人《じょうじん》には判断が付かぬほどの微妙な差でも義平には感ぜられるそうで、検分に生かしているというのだ。他に灰の粒の細かさなども手掛かりとなり、これは触覚の部類に入る。

「そんなことが出来るなんて……」

「元々の才に加え、何百と現場を踏んだからこそさ」

頭が舌を巻くほど日夜研鑽《けんさん》を積んでいるらしい。

そして三つ目は、知識が突出《とっしゅつ》している者。その最たる例が風読みである。今の火消の中では、新庄藩の「赤舵《あかかじ》」こと加持星十郎が抜きん出ている。

他には炎の性質に対しての知識がある。熟練の火消ならば皆が炎の動きに精通しているが、中でも水番に属する者はこれに長じている。燃え上がり方で炎の先を叩くのか、根本を狙うのかを即座に判断する。元万組で今は新庄藩火消の「魁《さきがけ》」武蔵、加賀鳶四番組頭の「千本針《せんぼんばり》」の福永矢柄《ふくながやがら》などである。あとはそれに含まれない特殊なもの。例えば、け組頭の「白毫《びゃくごう》」の燐丞が持つ医の知識などだ。

「なるほど」

頭はいちいち例を挙げて話してくれ、新人の己にも解り易《やす》かった。

「四つ目は何だと思う？」

「うーん……」

正直なところ今までのもので網羅《もうら》されているように思え、慎太郎は答えかねた。

「沢山、名を挙げて気付いたことはないか？」

唸りながらこれまで出た名を順に思い出す。そしてあることに思いあたり、あっと声を上げた。

「新庄藩と加賀鳶が多い……」

「当たりだ。そして奴らの頭取が番付の大関だろう？」

頭は彼らと同期の火消だと聞いたことがある。言葉の中に親しみが籠《こも》っているのはそのためだろう。

「はい。確かに」

「四つ目は、人の才を見抜き、育て、扱う力……これは頭なら皆が持ってなきゃならねえ。だがあの二人は特に優れている」

確かに新庄藩火消は数年前までは、大きな失敗こそないものの、決して目立つような存在ではなかった。それが松永源吾を頭に迎えてからというもの、多士《たし》済々《せいせい》、破竹《はちく》の勢いで今なお成長している。主だった者の大半が元は火消でなかったというのだから、松永源吾の手腕たるや凄まじいものである。

加賀鳶は資金も豊富で、累代《るいだい》の火消侍がいる故によい人材が集まっていると考えていた。だが、それも己の勝手な思い込みだったと知った。三番組頭の一花《いっか》甚右衛門《じんえもん》は、元槍術師範《そうじゅつしはん》の家の者であったのを口説《くど》いて火消に仕立てたという。

四番組頭の福永矢柄も小柄であったため、選に漏れるところだったが、大音勘九郎の一存《いちぞん》で加入させた。六番組頭の義平は火事場見廻から引き抜き、八番組頭の牙八は孤児であったのを引き取って一から育て上げたらしい。

　個々の能力を引き出す育成力、それぞれの状態を良好に保つ管理力、人を取り纏める魅力、取り持つ調整力、様々な力が必要になってくる。そして過去、府内一の火消と呼ばれ、番付の上位にいたのはこの力を持つ火消ばかりだったという。

「一番になりてえなら、ここを目指すこったな」

　頭は白い歯を見せて軽く肩を小突《こづ》いた。

「はい！」

　慎太郎は顔全体を綻《ほころ》ばせて力強く頷いた。松永源吾は見習いたちの指南役もしていたし、己を助けてくれた恩人の一人であるため、多少なりとも知っている。最後まで諦めずに救おうとしてくれた姿には心が震えた。だが慎太郎は、頭も決して劣らない器だと信じている。頭に認めて貰《もら》えるような男になりたいと改めて思った。

「でも……話は戻りますが、藍助はどこに入るんで？」

「回りくどくなっちまったな。どれでもねえよ」

「え……」

「ごく希《まれ》に、そんな男が火消になる」

武蔵や矢柄が炎を読んでいるとはいえ、それは弛《たゆ》みない努力と、幾多の火事場に出た経験に裏打ちされている。

だが藍助は初めての現場で、炎の流動を読みきってみせたのだ。頭も後に松永様から聞いたらしいが、藍助はまるで炎の意思を汲《く》み取っているかのようであったという。

「天賦《てんぷ》の才としか言いようがない」

生まれつき特殊な力を持ち、しかもそれが消火に役立つもので、その者が火消になる。そんな奇跡のような偶然が重ならねばならない。

「藍助はまだこの目で見ちゃいねえが……俺の知る限り、そういう奴は他に江戸数万の火消の中でもたった二人だ」

御頭は少し考えた後、指を二本立てて見せた。

一人目は詠兵馬。先ほどは仮に「五感」を活かす火消に分類したが、上空から間取りが見えるなど、人外《じんがい》の能力と言ってもよい。大音家には過去に同じ眼を持った当主がいたという記録があったが、皆が眉唾《まゆつば》だと思っていた。兵馬が誕生したことでそれが真だったのだと、一族全員が驚いたと勘九郎が言っていたらしい。

二人目は新庄藩火消頭取並の鳥越新之助。府内剣客十傑《じっけつ》に数えられる剣客でもあるため、慎太郎はそのことかと思ったが、どうやら違うらしい。新之助は一度見たものをまるで絵のように脳裏《のうり》に焼き付け、決して忘れないという能力があるというのだ。他の火消にはあまり知られていないが、頭は新之助と酒を酌《く》み交わしたことがあり、その折に聞いて驚いたという。

「凄《すげ》え……切絵図も一発で覚えられるのか……」

今、己は切絵図を頭に叩き込むのに必死で、正直なところ羨ましいと思った。

「そんなもんは誰でも出来る」

御頭は苦笑しながら己の額を軽く指で弾くと、一転して真剣な面持《おもも》ちで続けた。

「あの力が本当に生きるのは火事場。火付けの下手人《げしゅにん》を追い詰める時だ」

「そうか。野次馬を……」

「ああ、あいつに見られれば下手人は終わりさ」

　火付けの下手人のうち、十人に八、九人までが火事場に戻る。火消だけでなく世間にも知られている事実である。故に戻ると危ういと判るはずなのに、やはり戻って来るのだ。己が放った火が真に広がっているか不安になったため。怨恨《えんこん》故、苦しむ姿を見たいがため。あるいは炎を見つめて悦《えつ》に入《い》るため。訳は様々だが、この十人中八、九人という割合いは何年も変わっていないという。そんな習性を持つ火付けにとって、野次馬の顔や風体《ふうてい》を一瞬で記憶するというのは脅威《きょうい》になろう。

「藍助の力もあいつらと似たようなもんだろう。だから真似しても無理だって言ったんだ」

「神通力《じんずうりき》みたいなもんってことですか……」

　経験を積めば己にもそのような力が備わるのでないかと思っていただけに、慎太郎は肩を落とした。

「いや……藍助が炎の何を見ているのか見当《けんとう》は付くな」

　御頭は顎《あご》に手を添えて首を捻《ひね》った。

「本当ですか？」

「聞いただけだから断定は出来ねえがな。とにかくお前は並の者より優れた躰《からだ》がある。それだけで十分じゃねえか。しっかり学んで、いつかはうちから大関を出させてくれや」

御頭は眉を上げて肩を小突いた。

「解りました」

「それと慎太郎。藍助と仲がいいみたいだから言っておくが、皆と違う力があるってのはよいことばかりじゃねえようだ」

兵馬がまだ幼い頃、歩き回らずとも隠れ鬼で次々に仲間を見つけるので、家中の者たちから大層気味悪がられたらしい。新之助も思い出したくない記憶が、脳裏に焼き付いて離れず苦労すると語っていたという。幸いにも彼らには良き理解者がいたが、そうでなければよからぬ方向に進んでいたかもしれないというのだ。

「何かあったらお前が支えになってやれ」

御頭はそう言って優しく微笑んだ。

「…………郎、慎太郎」

「お、おう」

御頭とのやり取りを思い出して茫としていたが、藍助の声で慎太郎は現実に引き戻された。

「こっちだよね？」

藍助は先ほど己が言った方角を指差し、にこりと笑った。

「よし、行くか」

青に白を溶かし込んだような秋空の下、切絵図を片手にまた二人連れ立って歩きだした。

四半刻《しはんとき》（約三十分）ほど経って蕎麦《そば》屋の前を通った時、出汁《だし》の香りが鼻に届いて、慎太郎の腹の虫が鳴った。

「腹減ったな。食うか？」

「お金、そんなに持ってないよ」

「まあ……俺もだ」

互いの懐《ふところ》具合はよく判っている。これも今年から定められたことで、どこの火消組に入ろうが、一年目の新米の鳶の俸給《ほうきゅう》は一律となっている。資金の潤沢《じゅんたく》なところが金にものを言わせて新人を集めていた一方、新米だからと有り得ぬほどの薄給《はっきゅう》で使っていた組もある。それを是正《ぜせい》しようと決められたことらしい。

とはいえ、決まった俸給が決して高い訳ではなく、他の職に比べたら安いほど。

二人で蕎麦屋の暖簾《のれん》を潜ると、最も安い掛け蕎麦を注文した。

「いつか笊《ざる》蕎麦を五枚とか一気に食べてえな」

慎太郎は豪快に蕎麦を啜り、天井を仰いで嘆息《たんそく》した。材料は同じはずなのに、掛かる手間が違うからか、笊蕎麦は掛け蕎麦の二倍近く値が張る。

「慎太郎はよく食べるからね」

「蕎麦掻きで一杯やるとかな。恰好いいよな」

御頭は蕎麦屋に行くとまずそれでゆっくりと呑んで、最後に笊を一枚食べて締めるという。いつもは明るい頭がふっと翳《かげ》がある表情になって酒を舐《な》める姿は、男から見ても色気を感じてしまう。

「確かに漣次さんは恰好いいよね」

「お前は御頭と上手くやっているのか？」

藍助の属するめ組の頭は、「銀蛍《ぎんぼたる》」の銀治と謂《い》う。正直なところ華があるとはいえぬ火消だが、頭となった今でも一日たりとも欠かさずに夜回りをしており、火消内での評価は頗《すこぶ》る高かった。

「相変わらず一番脚も遅くて、力もないけど、御頭は優しく教えてくれるよ」

銀治も火消になった頃は体力も無く、常に後《おく》れを取っていた。しかし銀治はたとえ非番であろうとも、走り込んだり、砂の詰まった俵を担いだりと愚直《ぐちょく》に訓練を欠かさなかった。そして二、三年経った頃には、同輩が疲労困憊《こんぱい》して尻餅《しりもち》をつくような現場でも、息一つ切らさぬようになったらしい。

「火消ってすげえよな」

慎太郎はすでに汁まで啜り終わり、頭の後ろで手を組んで仰け反った。藍助はというと、食うのが遅くまだ丼に半分以上残っている。

「気張らないとね」

「早飯も火消には必要だぜ」

慎太郎が揶揄《からか》ったその時である。何かが爆《は》ぜるような轟音《ごうおん》が遠くで聞こえた。店内の者たちも動きを止め、すぐにざわつき始める。ぴたりと箸を止めた藍助が蒼白《そうはく》な顔を上げた。

「慎太郎……」

「何だ、こりゃ……」

「きっと、火事だ」

「だよな」

慎太郎は勢いよく席を立って耳を澄ましたが、太鼓や半鐘《はんしょう》の音は聴こえない。遠雷《えんらい》じゃないのかと言い出す者もいた。

「行ってみるぞ！」

「ちょっと、お客さん。お勘定！」

慎太郎が駆けだそうとすると、店の娘が慌てて止める。まだ何事かも定かでないのだから、この程度でいちいち食い逃げさせてなるものかという表情である。抜け目ない江戸者のことだから、仮に火事であっても隣が燃えてでもいない限り引き留めるだろう。

「後で取りに来るから、これで頼む」

慎太郎は財布ごとぽんと娘に放り投げた。藍助もすでに立ち上がっているが、財布を開いてもたもたしている。

「早くしろ！」

「う、うん。じゃあ、これを置いていきます」

藍助も倣って娘に財布を渡したが、手が滑ったか落としてしまった。口が開いたままだったので、高い音を立てて小銭が床に飛び散った。相も変わらずどんくさいことである。

「ごめんなさい」

藍助が屈《かが》んで拾《ひろ》おうとするので、慎太郎は苛立《いらだ》って襟《えり》を掴《つか》んで無理やり立たせた。

「おい、急ぐぞ」

三

引きずるようにして店から飛び出したが、まだ何の音も聞こえないため方角も判らない。

「確かこっちのほうから音がしたな」

二人で向かっている最中、ようやく陣太鼓の音が鳴り響き、半鐘もそれに続いた。

「南だ」

慎太郎は脚を疾《はや》く動かしながら呟いた。初めに太鼓を打ったのは定火消だろうが、この辺《あた》りは大名火消も多く、方々《ほうぼう》から太鼓が続く。南に向かうに連れて太鼓の音が重なっていく。

「あれ！」

背後から声が聞こえて振り返った。まだそれほど走っていないのに、藍助はすでに肩で息をしており、己から十間（約十八メートル）近く離されている。藍助の指差す先、一筋の煙が上がるのが見えた。

「あの辺りは確か……」

必死に覚えた切絵図を思い浮かべる。方角、距離から察するに、

「尾張藩上屋敷」

慎太郎は頰を引き締めた。

御三家の筆頭にして表高は六十一万九千五百石の大大名。その上屋敷の広さは実に七万八千百四十四坪。敷地内には家臣の邸宅、足軽の長屋などが立ち並び、常時千人ほどの藩士とその家族が住まっている。

「慎太郎！　ちょっと皆を待ったほうが――」

藍助が喘《あえ》ぐように呼ぶ。

「先に行くから、あとで追いついて来い！　無茶はしねえ」

あの日のように暴走するつもりはない。すでに到着している火消に従うつもりでもいる。ただ少しでも早く駆け付けることで、救える命があるかもしれないのだ。

「行くぜ」

慎太郎は低く己に言い聞かせると全力で疾駆《しっく》する。藍助に合わせて脚を緩めていたが、まだまだ速く走ることが出来る。隘路《あいろ》を折れる時も勢いを殺さず、壁を蹴って走り続けた。

中根坂《なかねざか》を駆け上がってぐんぐんと煙の下《もと》へと近づく。尾張藩の上屋敷ほどとなると、それだけで一つの巨大な町だった。便宜上それら全て含めて「上屋敷」と呼ぶが、藩主が住まい政務を執《と》るのはその一部の建物。門の外にも多くの者たちが住まっており、その中の屋敷の一つが燃えているのだ。

「何でこんな勢いに……」

慎太郎は呆然《ぼうぜん》としてしまった。まだそれほど時が経っていないためか、屋敷はまだ半分も燃えていない。それなのに火元と思われるあたりの火勢は凄まじく、その屋根から傲然《ごうぜん》と火柱が飛び出している。

すでに屋敷から逃げだして来たのだろう。顔に煤《すす》を付けて呆然とする武士、煙を吸い込んでしまったのか激しく咳《せ》き込む女中の姿も見えた。

「何とかしねえと」

まず自家の失火なのだから尾張藩火消が真っ先に駆け付けるはず。他にも目と鼻の先に市ケ谷《いちがや》定火消屋敷があるのだが、辺りにはまだ鳶の姿は無い。代わりに早くも人だかりが出来ており、屋敷を指差して口々に騒いでいる。

「俺は火消だ。何があったんです⁉」

慎太郎はその中、屋敷から逃げてきたであろう一行のところに向かって訊いた。

「屋敷が急に吹き飛んだんだ！」

この屋敷の家士であろう男が悲痛な声で答えた。

「油……いや、火薬でも置いていたんですか⁉」

屋根から炎が見えるということは、一部が崩落したのに違いなかった。辺りを見回せば、瓦《かわら》や木《こ》っ端《ぱ》も散らばっている。これほどの爆ぜ方はそれしか考えられない。

「まさか。ご禁制《きんぜい》のものなど置くはずない！」

男は顔面を蒼白にして首を横に振る。ともかく何故爆ぜたかを追及している余裕は無く、屋敷の者を守ることを考えねばならない。

「逃げ遅れた人はいますか」

「やはり殿の姿が……」

「やはりというのは？」

「あの火柱の下が殿の居室なのだ！」

突如《とつじょ》轟音が聞こえ、地震が起こったように屋敷全体が震えたという。すぐに煙が屋敷中に広がったので、女中や中間《ちゅうげん》たちは退避し、家士たちは主の許に向かおうとした。しかし燃える障子が廊下を塞いでおり、素人《しろうと》ではとても近づけぬ状況であったらしい。そこで急いで火消を連れに戻ろうと外に出たが、主は使用人に告げずにふらりと外出することもあり、もしかしたらという一縷《いちる》の望みもあるのだという。

「殿を……頼む！」

武士が町人に縋《すが》る姿など滅多に見られるものではない。炎の前では身分も吹き飛んでしまう。己は新米の火消だが、この男にはそんなこと知りようもない。現場に立てば皆同じ火消。頼られるべき存在なのだ。

「任せて下さい。全力を尽くします」

慎太郎は火元から離れるように命じた。その時、数人がこちらに向けて走ってくるのが見えた。火消半纏《ばんてん》を身に着けていることから、市ヶ谷定火消配下の鳶らしいが、出動にしてはあまりに数が少ない。

「市ヶ谷定火消の方々ですか⁉」

「そうだ！」

「私はい組の慎太郎と申します。近くを通っていました。まだ中に一人いるようです。すぐに――」

慎太郎は一気に捲《まく》したてたが、鳶は諸手を突き出して話を止めた。

「待て、俺たちは物見だ」

よく見ると士分の者は一人もいない。町人身分の鳶のみ。定火消配下の鳶は特に「臥煙《がえん》」などというが、それである。

「何を悠長《ゆうちょう》な！　もうこの有様ですぜ⁉」

慎太郎はすでに屋根から焔が乱舞する屋敷を指差した。先ほどまでは爽やかと感じていた風もこうなっては仇《あだ》となる。炎を横に押し倒して隣家を焦《こ》がしはじめていた。

「解っている……すまねえ」

「どういうことです⁉」

「ちょうど定火消八家の会合の最中だったんだ……てんやわんやの大騒ぎだ」

定火消は現在八家あり、官製火消らしく月に一度の会合が定められている。場所は持ち回りなのだが、今回は市ヶ谷定火消で、その途中、火事の報が届いたのだという。

定火消の頭が八人も近くにいて、これを拡大させてしまっては、幕府の大目玉を食らうことになる。しかもどうやら御三家の尾張藩からの失火。市ヶ谷定火消は出るとして、他の頭はここにいたほうがよい。いや、今日の会合は元からなかったことにしよう。尾張藩火消に先着させて責任を回避したほうがよい。などと、保身に走る意見が噴出しているらしい。

しかも市ヶ谷定火消の頭はおろおろするのみで、一向に対応が決まらないという。

——これだから町火消の時代って言われるんだ。

慎太郎は気付かれぬほど小さく舌打ちした。

江戸の火事が増加の一途《いっと》を辿《たど》るにつれ、火消の種類や数も増え続けた。町火消は最後に出来たが、今ではその数は最も多くなっている。さらに武士と違って守るべき代々の家を持たぬため、後々の咎めなどを恐れずに動くことが多い。そのため活躍の場はどんどん広がり、庶民からの人気もうなぎ上りである。

武家火消の中にも大いに活躍して人気を博す家もあるが、大半は町火消の台頭《たいとう》ともに庶民から軽んじられるようになりつつある。その最たる例が最古の火消ともいうべき定火消である。一組三百人も珍しくない町火消に対し、定火消の定員は百十人。さらに唯一幕府直属の火消であるため、このように上の顔色を窺《うかが》って事なかれ主義に走りがちなのが理由だろう。

「いつになったら出て来るんです⁉」

「今、一人が状況を報せに戻った……すまない」

鳶は苦渋《くじゅう》の表情を浮かべた。上に不満を抱いているのが見て取れた。

「とっとと辞めて、町火消に来てくだせえよ」

鳶は一年ごとに雇い直される。大きな失態でもない限り、そのまま翌年も雇われるが、自ら他の組に移る者も珍しくはない。定火消は俸給がよく、鳶にも人気が高いが、このようなことがままあり苦労が絶えないとも聞いている。

「来春はそうするかな」

鳶は濛々《もうもう》と煙を吐く屋敷を見つめながら真顔で言った。

「やれることをやりましょう」

得体《えたい》の知れぬ爆発が起こったにもかかわらず、野次馬は増え続けている。江戸では火事など珍しくもなく、恐怖より興味が勝つ民が多いのだ。市ヶ谷定火消の鳶はそれを下がらせることに奔走《ほんそう》しはじめた。

「慎太郎！」

「来たか」

息も絶え絶え、脚をもつれさせながら藍助が向かってくる。慎太郎は手短《てみじか》に状況を伝えた。

「爆発……」

「ああ、俺は中の一人を助けに行く」

向かいの家が防火用の桶《おけ》に水を張って置いている。慎太郎は言うなりそれを手に取って頭から被った。

「慎太郎、待って――」

「別に手柄を立てたくて逸《はや》っているんじゃねえ。俺の他に誰がいる⁉」

「そうじゃない。何か……炎がおかしい。喜んでいるみたいだ」

揺らめく炎を見つめる藍助の横顔は、火明かりに照らされて仄《ほの》かに紅《あか》く染まっている。

「どういうことだ」

藍助は、時にこうしてまるで炎に命があるように語る。

「上手く言えないけど……とにかく普通の炎と違う。あの燃え方では生き残っていたとしても、もう助からないと思う」

「そんなの解らねえだろうが」

「でも――」

慎太郎はなおも止めようとする藍助の襟を摑み、鼻先が付くほど引き寄せた。

「でもじゃねえ。助けを待ってるかもしれねえんだ」

瓦礫の下敷きになり、炎が迫って来た時、恐ろしくて堪らなかった。頭では死を覚悟して受け入れようとしたが、心はずっと生きたいと咆哮《ほうこう》していた。そんな絶望の中、松永様が現れて、どれほど心強かったか解らない。一分《いちぶ》でも生きている望みがある限り、助けに行かねばならない。もう己は火消なのだ。

慎太郎は藍助を突き放すと、もう一杯桶の水を被った。市ヶ谷定火消の鳶たちも口々に無茶だと制止しようとする。それでもすでに慎太郎は腹を括っていた。

唾を吞み込んで走り出そうとした時、背後より声が掛かった。

「待て」

振り返ると、燃え盛る屋敷を眺めながら一人の武士が、悠然《ゆうぜん》とした足取りで近づいてくる。その顔に見覚えがあるような気もしたが、咄嗟《とっさ》には誰か判らなかった。平装である。故に火消ではないと思った。

「危ないから、下がっていて下せえ！」

慎太郎が呼びかけるも、男は脚を止めず、己と屋敷の門の間にまで進んだ。

「中にまだ誰かいるのか？」

素人ならば顔を背《そむ》けるほどの熱風が吹きつけている。しかし男は赤に喰《く》われつつある屋敷を見つめ、背中越しに尋ねた。まるで散歩の途中に世間話をするかのような調子である。

「一人姿が見えないんです。今から助けに入ります」

「お主、新米だな」

男は顔を半《なか》ばまでこちらに向けた。

「だったらどうだってんだ！」

「悪いことは言わぬ。下手《へた》をすれば死ぬる」

お前に何が判る。相手が武士のため、言うのをぐっと堪え、低く喉《のど》を鳴らした。

「残された者がいるんだ。この炎だ。もう待てやしねえ」

「ふむ……爆ぜて暫く経つ。これはもう助からぬ」

顔色一つ変えずに男は言い切った。

「一割……いや一分でも一厘《いちりん》でも生きているかもしれねえ限り俺は行く。この目で見るまで諦めねえ。そこをどいてくれ！」

噴き出した感情をそのままに吼《ほ》えると、慎太郎は地を蹴って走り出す。男の脇を抜けようとした時、さっと手が伸びて遮った。

「待てと言っておろう」

「離せ！」

「この炎。お主では無理だ」

「いい加減にしろ――」

振り払おうとした矢先、男は意外なことを口にした。

「私が行こう」

「何……」

「その眼で見るまで信じぬというなら付いて来い」

男はするりと手を下ろすと、慎太郎も使った桶のところに行き、頭から水を被った。余程《よほど》の変わり者なのか、それとも義憤に駆られたのか、男の意図がよく判らず茫然としてしまった。

「おい、そこのお主。鳶口《とびぐち》を貸せ」

野次馬を追い払おうとしている市ヶ谷定火消の一人に、男は呼びかけた。

「あっ――は、はい！」

あまりに自然に命じられたからか、鳶は腰に差した鳶口を素直に手渡してしまった。

「さて、私が先に立とう」

男は鳶口を掌《てのひら》にひたひたと打ち付けながら、迷いなく屋敷へと近づいて行く。一人を救い出すのも精一杯だろうに、この男の面倒まで見ることは出来ない。慎太郎は藍助に向けて叫んだ。

「藍助、この素人を止めてくれ！」

「慎太郎……その人は……」

藍助は愕然とした顔になっている。

「私を素人呼ばわりとはな」

振り返った男の口元に憫笑《びんしよう》が浮かんでいた。その眉間《みけん》の黒子《ほくろ》に気づいた時、慎太郎ははっと息を吞《の》んだ。この男が誰か思い出したのである。

「あなたは……進藤内記……様」

進藤内記。八重洲河岸定火消頭にして火消番付西の関脇《せきわけ》。つまり御頭よりもさらに上位の、江戸で四番目の火消ということになる。たった一度、鳶市で遠目に見ただけなのですっかり失念していた。

「ようやく市ヶ谷が来た。此方《こちら》からは尾張もか」

内記は並の火消なら諦めるような火事場でも残った者を決して見捨てず、管轄の民からは地獄で仏に遭《あ》うようだと敬《うやま》われている。さらに常に微笑みを絶やさぬことから「菩薩」の異名で呼ばれていた。だが、片頬を苦く歪めた横顔を見て、慎太郎は世間で言われるものと、どこか違った印象を受けた。

確かに二つの集団が往来の両側から土煙を舞い上げて向かってくる。ならばもう任せるのかと思いきや、内記は平然と言い放った。

「さて、行くか」

そして濛々と煙を吐き出す門に向かって行く。慎太郎は我に返ってその後に続いた。

中に入ると空気が一変する。蒸し風呂の如くなっている。実際の違いもあるが、何か炎の殺気のようなものを感じるのだ。

「身を屈《かが》めて細く息をすることだ」

内記はそう言うものの、自身が屈む様子は無い。煙はさほど濃くないとはいえ、まともに息ができるような状況ではない。

「進藤様も……」

「私は息をしていない」

まるで己を死人のように言うのでぎょっとしたが、呼吸を止めているという意味だとすぐに思い直した。ただそう思ってしまうほど、この男は先ほどから酷く落ち着き払っている。

爆風で吹き飛んだのだろう、倒れた建具が燃えながら廊下を塞いでいる。内記は鳶口の先を引っかけて、ひょいとどかして道を作る。

――手慣れている。

それほど膂力《りょりょく》に優れているようには見えない。鳶口を梃子《てこ》のようにして上手く扱っているのだ。これだけの動作でも熟練の火消の技が感じられた。

内記がすっと屈んで、床に口付けをするような体勢になった。ここに来て初めて息を吸ったのだろう。家屋の中は炎の熱によって思わぬ風が吹き、澱《よど》んだ煙は毒を持つこともある。呼吸は少なければ少ないほどよいのだ。驚くほど長く息を止められているのは、決して動揺しないからでもあるのだろう。

進むにつれて火勢が増し、目もまともに開けていられぬほどとなった。内記も流石に濡れた袖で顔を覆った。奥の一室に辿り着くと、屋根が崩落しており、炎が噴き上げている。室内も業火《ごうか》に塗りつぶされ、炎越しでも柱が炭のように真っ黒になっているのが判った。

「見よ。無理だ」

内記は短く言った。確かに、この中で耐えられる者などこの世に存在しない。

慎太郎は下唇を嚙《か》み締めて頷いた。

それを横目に見ながら、内記は踵《きびす》を返そうとしたが、ふと動きを止めた。

「何だ……」

座敷一面、畳が燃えており、敷居を越えることもできない。内記は再び姿勢を低くして、畳を注視した。しかし、すぐに立ち上がって身を翻《ひるがえ》す。

「出るぞ。もう保《も》たぬ」

内記はさっと己を押し除《の》け先に進む。帰りも己が先導するという意味である。

何度も嚙みつこうとする炎を避け、鑢《やすり》で肌を擦《こす》られるような痛みに耐えながら進んだ。玄関の手前で内記は、

「私は今暫し火を見る」

と、手を振って先に出るように命じた。こちらはもう限界だというのに涼しい顔である。今更何を見るのかという疑問もあるが、慎太郎は耐えきれずに転がるようにして外に出た。

すでに市ヶ谷定火消や尾張藩火消が屋敷を囲んでおり、隣家に竜吐水《りゅうどすい》の放水も始まっている。

「出て来たぞ！」

中に火消が入ったことを聞いたのだろう。鳶の一人がこちらを指差して叫んだ。すると豪奢《ごうしゃ》な火消羽織の武士が凄い剣幕《けんまく》で近づいて来た。

「貴様《きさま》！」

「あなたは……」

「市ヶ谷定火消頭取の小宮三太夫《こみやさんだゆう》だ。名を申せ」

例の決断力に乏《とぼ》しい市ヶ谷定火消の頭である。それでいて軽輩《けいはい》には上からものを言う性質《たち》なのだろう。逃げ遅れた者を救おうとし、たった今死に物狂いで生還した己が何故怒りを買っているのかも理解出来ない。

「い組の慎太郎と申します」

焼けた肌をすぐに水で冷やしたかったが、慎太郎は応じた。小宮は大袈裟《おおげさ》に舌打ちを見舞う。

「町火消か。一番に到着した火消に従うという法を知らぬか。抜け駆けとはいい度胸だ」

「中に人がいると聞いたからです」

「黙れ。追って、い組に抗議を申し入れる。漣次は人気取りばかりに熱心で、配下への教えが行き届いておらぬようだな」

「御頭は関係ねえだろ……」

己のことならばまだしも、御頭を侮蔑《ぶべつ》されてかっと頭に血が上った。

「今、何と申した！」

小宮は怒りに全身を震わせている。

「小宮殿。お怒りのようだが、私が供をしろと命じたのだ」

はっとして振り返ると、内記が頬に付いた煤を拭《ぬぐ》いながらこちらに向かって来ていた。

「進藤殿……評定《ひょうじょう》の途中にふらりといなくなったと思えば、火元に向かっておられるとは……」

「評定でしたかな？　ご歓談《かんだん》されていると思いました」

内記は微笑みながら痛烈な皮肉を飛ばした。

「八重洲河岸と麴町《こうじまち》は勝手が過ぎる。足並みを揃《そろ》えて頂かぬと」

「唐笠童子《からかさどうじ》も消えたか」

内記は顎に手を添えて、ぼそりと呟いた。小宮は拳をぐっと握りながら続けた。

「定火消の威厳というものがござろう」

内記は柳の葉のような目を見開き、少し驚いた顔になったが、微かに鼻を鳴らした。

「そんなもの、とっくの昔に崩れているでしょう」

「何ですと。それは幕府への批判と――」

「故に取り戻すのです。私と八重洲河岸定火消が」

ひやりとするほど冷たく言い放ち、内記は目を細めて笑みを深くした。

「それより指揮を執《と》られたほうがよろしい。隣家に燃え移りますぞ」

内記は猫撫で声で嬲《なぶ》るように言った。

「くそっ……」

小宮はすごすごと配下の元へ戻って、八つ当たりするように指揮を執りはじめる。火消としての実力だけでなく、胆力、弁舌《べんぜつ》の鋭《するど》さでも内記は数段上、役者が一枚上だと新米の慎太郎でも解った。

「ありがとうございます」

「礼はいらぬ。私もちと気に掛かったことがあったからな」

「炎が常と何か違う……ということですか?」

「ほう。判るのか」

内記は鴟《みみずく》のような声を上げた。

「いえ、あいつが……」

「慎太郎!」

藍助は避難した者に付いていたが、丁度こちらに気付いて走り寄って来た。

「あれも新米だったな」

「ご存じで?」

「鳶市にいた者は全て覚えている」

内記はこともなげに言い放った。

「進藤様、ありがとうございます」

深々と頭を下げる藍助を見下ろしながら、内記は静かに言った。

「二つ訊く。一つ目は、お主、あの炎が常と違うと申したそうだが何故だ」

藍助は困惑してこちらを見る。慎太郎が頷くと、たどたどしい口調で話し始めた。

「何というか……炎が餌《えさ》を貪《むさぼ》っているように思えて」

「爆ぜたからそう思うのか」

藍助はぶんぶんと首を横に振る。

「その後もです。随分と弱まりましたが、今もそれを感じます」

「なるほど」

内記は未だ燃え続け、火消が取り囲んでいる屋敷を一瞥《いちべつ》して続けた。

「二つ目だ」

「はい」

「何故、お主はこやつと共に行かなんだ」

顎をしゃくって己を指した。

「え……それは……今申したように、炎が常と違うから止めたのです……」

「だが、止め切れなかった」

藍助が言い終わるなり、内記は鋭く言葉を被せた。息を呑んだ二人を交互に見て内記は続けた。

「危ういと解っていたなら脚に縋りついてでも止めよ。それでも行くとなった時は共に行け。この半端者《はんぱもの》め」

内記の叱責を受けて、藍助は哀《あわ》れなほど肩を落とした。今度はこちらに向けて内記は言葉を継いだ。

「お主もお主だ。この若造の炎を視《み》る眼を信じているのだろう。では何故、危ういと言っているのを信じなかった」

「それは……中に人がいるから……」

「仮に生きていたとしても、お主だけでは担いで出てこられなかっただろう。己の力を過信するな」

何も言い返すことが出来なかった。屋敷の中は焔風《ほむらかぜ》が渦巻いていた。内記はそれを的確に読み、時に除けた障子を楯《たて》代わりにして進んだ。もし己一人ならば半ばにも到達出来なかったと痛感している。

「申し訳ございません」

慎太郎の呻《うめ》くような声、藍助の消え入るような声が重なった。

「小僧の言った通り火勢は弱まりつつある。町火消も来た。間もなく勘九郎あたりも駆け付けるだろう。あと一刻もすれば鎮まる。ここにいては邪魔になる故、去《い》ね」

内記はそう言うや否《いな》や二人を置いて歩みはじめたが、思い出したように振り返る。

「これは火付けだ」

「え……」

慎太郎だけでなく、藍助も驚いている。炎が常と違うことは見抜けても、何故そうなっているかは判っていなかったからであろう。

「まだ続くと見て間違いない。この火付けには近づくな。死ぬることになる」

内記はそう言い残して、その場を立ち去った。仮にも火消に言う科白《せりふ》ではない。つまり己たちは火消と名乗るに至っていないと告げられたようなもの。口惜しさと情けなさで慎太郎は拳が震えた。だがそれと同時に、あの男に御頭とはまた違う、得体の知れぬ魅力を感じてもいた。慎太郎は雑踏《ざっとう》の中に消えゆく内記の背を、暫しの間見つめていた。

四

新庄藩の教練場に威勢《いせい》の良い声が響いている。先刻までは篠突《しのつ》く雨が地面を叩いていたが、熱気が天に届いたのか、今は雲間から光が差しはじめていた。

砂の詰まった俵を担いで走り、二十間（約三十六メートル）先に置いて駆け戻る。そしてまた俵を担ぐ。これを十回繰り返す。それぞれに俵の大きさや数を変えており、壊し手に属している者などは一度に二つ担ぐ。中でも怪力の寅次郎は縄で一まとめにした俵を二つ、脇にさらに二つ、一度に計四つの俵を運ぶ。四十もの俵が次々と向こう側に積み上げられてゆく様は、傍《はた》から見ても壮観であった。

「気合が入っているな」

源吾は腕を組みながら眺めていた。

「もう少しで番付も出ますからね」

同じく傍らで訓練の様子を眺める新之助が言う。先日、深雪や左門とも話していたことである。

「おいおい、また……」

「いや、ご心配なく。別にそのために無茶をしようなんて思っていませんよ」

新之助は掌で制す。

「本当かよ」

「そりゃあ、上がるにこしたことはないですけどね。活躍の場を望むということは、火事を望むようなもんですから。少ないほうがいいに決まっていますよ」

「へえ」

昨年とは随分《ずいぶん》言うことが変わっているので少しばかり安堵した。四月《よつき》前に新之助の見合い相手である琴音《ことね》の家、「橘屋《たちばなや》」で火付けがあり、新之助は下手人の濡《ぬ》れ衣《ぎぬ》を着せられて、琴音と江戸中を逃亡するという苦境に陥った。後に府内の火消の協力もあって疑いは晴れたが、橘屋は琴音と妹の玉枝《たまえ》以外は皆助からなかったのである。遺族とそれほど長く過ごすことも滅多になかろう。琴音の哀《かな》しみを直《じか》に感じ、新之助の火事を憎《にく》む心が強くなったように思われる。

「ところで、琴音とは？」

件《くだん》の事件以降、いやその以前から琴音は新之助に好意を寄せていた。その琴音は今、老中田沼意次《ろうじゅうたぬまおきつぐ》の領内に匿《かくま》われている。

「文《ふみ》のやり取りは」

「そうか。どうなんだ？」

我ながら野暮なことを訊くと思ったが、気になったのだから仕方ない。

「いい子ですよ。でもどちらにせよ、今は江戸に戻れないですから」

「そうだな」

橋屋を狙った黒幕は御三卿《ごさんきょう》の一橋治済《ひとつばしはるさだ》であった。橋屋の帳簿と、主の徳一郎《とくいちろう》の日記を得ようとしていたことまでは摑んでいる。それらは一連の火事で燃えたとも考えられるが、未だ所在は解らない。あれほどのことを仕掛けたからには、相当執着《しゅうちゃく》しているのだろう。故にたった二人の生き残りである琴音と玉枝の姉妹に累《るい》が及ぶのを恐れ、田沼様が引き取ってくれたという訳であった。

「橋屋さんの日記、何が書いてあったのでしょうか」

「見当も付かねえな……それに大坂《おおさか》でのことも気になる」

三月《みつき》ほど前、大坂に出張った時の話である。大坂で緋鼬《あかいたち》が頻発《ひんぱつ》しており、その対策に追われていた。だが京では天文の相論が行われる予定で、星十郎は大坂を離れざるを得なくなった。そのことを亡き山路連貝軒に告げると、すぐに京都《きょうと》所司代《しょしだい》に相論の中止を申し入れ、大坂に戻るように勧《すす》めてくれたのだ。京都所司代が反対してひと悶着《もんちゃく》あるかと思ったが、すでに大坂の事件を優先するよう江戸から指示があったというのだ。

「そうなると、田沼様だと思いますよね」

「ああ……だがその指示を出していたのは一橋だってことだ」

一橋が己たちを助けるようなことをするとは思えない。つまり一橋と土御門《つちみかど》の利害が食い違っているのではないかと、星十郎は見ていた。だが、彼らの利が何なのかは星十郎にも解らないという。

――野狂《やきょう》どのには視《み》えているようでした……。

星十郎はそう語っていた。京の六角獄舎《ろっかくごくしゃ》に六十年余に亘って囚《とら》われている男で、本名を鷹司惟兼《たかつかさこれかね》と謂う。驚愕すべき智嚢《ちのう》の持ち主で、森羅万象《しんらばんしょう》の全てを見抜いているようですらある。神算鬼謀の星十郎も及ばず、緋鼬の止め方、土御門の狙い、そのどちらか一方だけを教えると言われ、前者を選んだということであった。

「つまり一橋には何らかの目的がある。酔狂《すいきょう》じゃねえことは確かだ。そしてそれがこれまでの火付けとも繋がっているとみるべきだな」

源吾が顎に手を添えて唸っていると、新之助が苦笑しつつ教練に励《はげ》む皆を指差す。

「もう限界ですよ?」

「先生、もう少しだ。頑張って下せえ!」

口に手を添えて彦弥が激励する。

「しっかりと腰を入れて下さい」

寅次郎は不安げに眉を垂らしながら呼びかけた。皆はすっかり俵を運び終えているのだが、たった一人、星十郎がまだ続けているのだ。これでようやく九回目。あと一回俵を運ばねばならない。

「向き不向きがあるんだから、止めとけって言ったんだがな」

源吾は鬢《びん》を掻き毟《むし》りながら溜息をついた。大坂から帰って以来、星十郎は早朝に走り込みをするようになった。これまでなかったことであるし、源吾も星十郎には強く勧めてこなかった。新庄藩火消にとって星十郎の頭脳は代えが利かないもので、下手に怪我《けが》をされても困るからである。今回もそう言ったのだが、

——何も寅次郎さん、彦弥さんのようになれるとは思っていません。

しかし少なくとも足手まといにはならないようにと、星十郎は走り続けている。もっとも鈍足《どんそく》はすぐにどうこう出来ないし、今でも半里(約二キロ)も走れ

ばばてしまう。それでも五町（約五百五十メートル）走って肩で息をしていたのに比べればましというものであろう。

　そして本日はついに、俵運びまでしてみたいと言い出した。砂を目一杯詰めた通常の一俵は絶対に無理だと判断し、中の砂を三分の一程度にした星十郎専用の俵を作らせた。それでもやはりこのように時を要し、星十郎の顔は今や真《ま》っ青《さお》で足取りも覚束《おぼつか》ない。

「星十郎、もう無理するな」

「いえ……やり切ってみせ……」

　星十郎は九個目の俵を置くと、ふらふらになりながら戻っていく。

「やはり……」

　新之助は小声で言ってちらりとこちらを見た。

「山路様の死は応《こた》えたのだろうな」

　山路連貝軒が大坂で死んで三月。心境に変化があったのだろう。

「無理しすぎないといいけど」

「大丈夫さ。少しはましになりたいんだろうよ」

　新之助は不安げであるが、その点、源吾は心配していない。山路は私怨に囚《とら》われるなと言い残した。昔ならばともかく、今の星十郎はそれを破る男ではないと思っている。

「星十郎！　もうすぐだ！」

「はい……」

星十郎はよろめきながらも、最後の一つを運びきった。皆が喝采《かっさい》を送る中、星十郎はその場にへたり込んだ。すぐに彦弥と寅次郎が駆け付ける。

「皆に比べてまだまだなのに……」

星十郎の顔は青を通り越して白くなっている。

「いいや、大したもんさ。なあ？」

「ええ、見違えましたよ」

彦弥が話を振って、すぐに寅次郎が頷く。

「よし、今日はこれで終わりだ。片付けに入れ」

頃合いと見て、源吾は手を叩いて教練を終わらせた。皆が俵や火消道具を片付けている中、ようやく立ち上がった星十郎がこちらに歩いてきた。

「よくやったな」

「情けなくて申し訳ありません」

源吾の労《ねぎら》いに対しても、星十郎は首を横に振った。

「いや、お前が普通に走れるだけでも助かるさ」

呵々《かか》と笑って軽く肩を小突くと、ようやく星十郎の顔にも笑みが浮かんだ。

「遅いですけどね」

「それでもさ。ただ、乗れる時は馬に乗れ」

「そうします」

体力は僅かでもつけばいいし、少しでも己の弱みを克服《こくふく》しようとする気概が何より大切。きっと星十郎はこれからまた一皮剝《む》けると確信した。

「さて、私もそろそろ水を浴《あ》びますかね」

二人の様子を見ていた新之助が、井戸に向かおうとした時である。源吾は耳朶《じだ》にさっと手を添えた。

「御頭……」

異変を感じて新之助が足を止める。星十郎は口に指を添えてしっと息を吐いた。

「ああ、何か聞こえた。爆ぜるような音だ」

片付けで動き回っていた皆が動きをぴたりと止める。己の耳の邪魔にならぬようにするためである。遠くで雷が鳴ったのかとも思ったが、一度きりだった。暫く耳を欹《そばだ》てていると、陣太鼓の音も聞こえてきた。

「火事だ」

「場所は」

新之助がすかさず訊く。

「半鐘も来た。これは……市ヶ谷あたりだな」

「すぐに支度を！」

新之助が命じると、皆が一斉に動き出そうとする。武蔵などはすでに無言で竜吐水の点検を始めていた。

「待て。陣太鼓がかなり鳴っている。これは間に合わねえぞ」

市ヶ谷は武家屋敷が密集している地。定火消、町火消に加えてかなりの八丁《はっちょう》火消が出て混雑が予想される。方角火消《ほうがくび》として如何《いか》なる現場にも駆け付けるつもりだが、他の火消の足を引っ張っては元も子も無い。

「二十人ほど送って様子を見る。邪魔になるようなら戻って来い。必要だと思ったら伝令を送れ」

馬を乗り入れることすら難しいかもしれない。ここは武蔵を含め二十人を選抜して送ることにした。

「行って参ります」

武蔵は言い残して勢いよく裏木戸から出て行った。他の者たちはいつでも出動出来る態勢を整えつつ教練場で戻りを待った。若い頃ならば何も考えず現場に突《とっ》貫《かん》していただろう。今でも火事場に向かいたい思いは同じだ。だが、どう考えても後詰《ごづ》めになる今回は、方角火消として御城の無事にも気を配らねばならない。

「御頭！」

武蔵が息を弾《はず》ませて戻って来たのは一刻（約二時間）後のこと。共に出て行った二十人が揃っている。つまり己たちの入る余地は残されていなかったのだろう。

「どうだ」

「火元は尾張藩士の屋敷。いきなり何かが爆ぜて屋根を突き破ったとのことです」

「おいおい……まさか火薬でも置いていたのか」

江戸での火薬の製造、保有、並びに持ち込みはご法度《はっと》である。

「出ている火消に聞いただけで、まだ詳しいことは解りません。炎の様子も屋敷には近づけず遠目に見ただけですが、火柱が上がっています」

「星十郎」

源吾は首を振って呼んだ。

「本日神無月《かんなづき》（十月）三日。未《ひつじ》の刻（午後二時）。風は西から東へ。あと一刻ほどでやや南に流れるものと見ます。御城に向けて火の粉が飛ぶことに」

「よし、番町《ばんちょう》に展開して後詰をする」

番町はそれほど大きくない武家屋敷が密集しており、火除け地が少ない。鎮火が遅れれば一気に燃え広がり、その先にある御城にまで達する恐れがあった。愛馬である碓氷《うすい》が曳《ひ》かれてきて、源吾は馬上の人となった。源吾、新之助、星十郎と騎馬の者を先頭に、新庄藩火消は全員で番町に向かった。

――嫌な予感がする。

源吾は手綱《たづな》を引き絞りながら考えた。何かが爆ぜたという珍しい火事というだけが理由ではない。長年、火消をしてきて培《つちか》った勘働きがそう告げていた。武蔵《い》もまた熟練の火消として同じ胸騒ぎを覚えているはずで、横並びに走りながら意味深《みしん》な目配《めくば》せをしている。

「心配ねえ」

武蔵に言ったのか、はたまた己に言い聞かせたのか。源吾は呟くと鐙《あぶみ》を鳴らして前を見据えた。

五

源吾ら新庄藩火消は番町に展開し、玄蕃《げんば》桶、手桶、竜吐水を用いて武家屋敷の屋根に水を浴びせていった。颪に煽《あお》られて火の粉が飛んできていた。

鎮火の報がもたらされたのは、辺りも暗くなった酉《とり》の刻（午後六時）。出火から約二刻後のことである。幸《さいわ》いにも火元の周囲を取り壊すだけで止まったようで、番町に陣どった新庄藩火消に本格的な出番は訪れなかった。

新庄藩火消が教練場に引き上げたのは戌《いぬ》の刻（午後八時）のこと。教練の続きのような出動となったが、以前と違って皆の顔に疲れの色は見えない。数々の死線を潜り抜けてきた今、今日のようなものは出動のうちに入らないという気構えが養われてきている。

「明日には色々解ってくるだろう。新之助、武蔵、頼めるか」

鎮火した後、火事場見廻が一番に駆け付けた火消と共に検分を行う。出火の原因が調べられ、被害の状況もこの時全て明らかになる。他にもどの火消が何時《いつ》駆け付け、どのような働きをしたか、論功行賞《ろんこうこうしょう》のようなことも行われるのだ。

頭取並の新之助には幕府が発表する公式の内容を、武蔵には当日駆け付けた火消たちの話を、それぞれ聞き込んでもらうのである。

「承《うけたまわ》りました。任せて下さい」

武蔵が重々しく言う。

「幕府の発表はあてにならないからなあ……で、いつ集まります？」

新之助は苦笑しながら尋ねる。

「明日の非番、夕刻にな。他の連中も集めておく」

その日はそれで解散となり、源吾は家路に就いた。辺りはすでに真っ暗になっており、提灯《ちょうちん》が無ければ足元も覚束ない。家の前で提灯の灯りをふっと吹き消して戸に手を掛けた。

「やはりな……」

戸が閉まっている。本来ならば教練が終わり、夕刻に帰る予定であった。己が戻らないことで、深雪は出動したと解る。市ヶ谷の半鐘はここにまで鳴り響いていたのだから、その前に察しがついていよう。一度、火事場に向かえば、帰りが翌日になることも度々《たびたび》だった。己が戻らずとも戸締まりをしておけと常日頃から言い聞かせていた。

「さて、どうするか」

深雪は大抵、己が戻るまで眠らずに待ってくれている。それでも長ければ三日三晩、火事場で奔走することもあるのだから、全く眠らずにいるという訳にもいかない。帰れば戸を叩いて起こすから、気にせずに寝ていて欲しいとも常から言っていた。ただ平志郎《へいしろう》が生まれた今、叩き起こすのも忍びない。

新之助のところに厄介《やっかい》になるということも考えたが、新之助の母の秋代《あきよ》に気を遣わせてしまいそうで気が引ける。どこかの安宿でも探すか、彦弥や寅次郎の長屋にでも泊めて貰うか。そんなことを思案《しあん》している時、家の中で人の動く気配を感じた。どうやら物音を聞いて深雪が起きてくれたらしい。

「山……」

戸の向こうから探るような声が聞こえた。用心のために符丁《ふちょう》を決めているのだ。

「川。それは解り易いから無しって言っただろう……」

源吾は即座に返答した。山に川など、講談に登場する忍者が使っていそうなものである。

「大丈夫です。序《じょ》の口ですから。深い……」

「雪」

ふむという声が聞こえ、再び戸越しに問いが投げかけられる。

「牙」

「きば？　そんなもん決めたか？」

予《あらかじ》め決めた合言葉の中にそのようなものは無かったので、源吾は眉間に皺《しわ》を寄せた。

「頭を働かせて下さい」

「そりゃ、合言葉じゃなく、謎かけだろう……」

苦笑しながら項《うなじ》を掻いた。

「声真似の達人が、旦那様を脅して合言葉を聞き出したかもしれません。念のためです」

そんな状況が有り得るかと言いかけたのを呑み込み、源吾は考え込んだ。

「きば……って、材木置き場の木場か？」

「いいえ。歯のほうの牙です。手掛かりは加賀鳶」

「ああ、八か」

「正解です。じゃあ次は……」

「おいおい、まだやるのか。俺って解ってるだろう?」

「声真似の達人が旦那様を脅して合言葉を聞き出し、なおかつ牙八さんを知っていることも……」

「分かった。早く頼む」

「菩薩」

「……花だな」

それでようやく閂《かんぬき》を外す音がして戸が開いた。

「おかえりなさいませ」

「おう」

出迎えてくれた深雪の口が綻んでいる。それにつられて源吾も頬を緩めた。今日に限ってこんな回りくどく、遊びのようなことを仕掛けてきたのは、こちらの声がいつもよりも沈んでいたのを察したのかもしれない。実際、日中の火事は何か大きな事件の幕開けのような気がし、少し気が鬱《うつ》していたのは確かである。

「平志郎を起こしてねえか?」

火消羽織を預けながら小声で訊いた。

「ええ。眠っております」

「そうか。今日は早く帰って、毬《まり》で遊ぶって言っていたのにな……」

先日、吉原《よしわら》の事件で面識を得た本荘藩の家老狩野《かのう》と往来《おうらい》でばったり会った。過日の礼を述《の》べられた後、暫く立ち話をした。そこでこちらに小さな子がいることを聞き、本荘藩特産の本荘ごてんまりを届けてくれたのが昨日のこと。平志郎はとても気に入ったようで、今日の出掛け際に帰ったら遊ぼうと約束していたのだ。

「また今度、遊んであげてください」

夜も遅いため外で水を使う訳にもいかない。深雪は盥《たらい》に水を入れて躰を拭く用意をしはじめる。

「水でいい」

冷え込むようになってきたので湯のほうが嬉しいのは確かだが、夜に火は使いたくない。それは深雪も知っているため、そのまま手渡してくれた。

「うう、寒い」

さっさと拭きあげて寝間着を身に着けると、平志郎の眠る奥の部屋へと忍び足で入った。細い寝息が聞こえている。源吾はそっと屈んで顔を近づけて囁《ささや》いた。

「帰ったぞ」

平志郎はぐっすりと寝入っており、起きる様子はない。そっと額を撫でてみる。次に餅のように柔らかな頰を軽く摘《つま》んでみた。思わず笑みが零れてしまったところで、深雪が戻って来た。叱られると思ってさっと手を離した。

「それくらいじゃ起きません」

「知っている」

深雪が微笑んでいることが分かり、胸を撫でおろした。

「明日は非番でしたよね」

「ああ、だが夕刻から皆で集まらねばならないことがあってな。いいか？」

「はい。何か支度します」

「すまないな」

源吾は布団に潜《もぐ》り込んだ。明日の用意のことだけではない。火消侍は並の武士よりも家を空けている時がずっと長く、しかも不規則である。

「親父らしいことが出来ねえな」

物心がつく頃、平志郎の目には、己はどう映るだろう。そのようなことを考えて思わず呟いてしまった。

「大丈夫です。私がきちんと話をします」

己は幼い頃こそ父を誇りに思っていたが、長じてからはどうしても好きになれなかった。そうなった切っ掛けも後に誤解と判ったのだが、知った時にはもう後の祭り。父が死ぬ間際のことだった。

母は物心ついた時にすでに亡かった。もし生きていたとすれば、父との関係ももう少し違うものになっていたかもしれない。

「ありがとうな」

平志郎の寝息の間を縫うように、微かな声で言った。

その晩、源吾は父重内の夢を見た。父が世を去って早十八年。殆ど父の夢は見なかったのだが、ここ半年ほどで度々見るようになっている。その夢は決まって、爪を切っている寂しそうな父の背を眺めているというものだった。しかし今宵《よい》は違った。燃え盛る火焔の中、父が繰り返し鳶口を振るっていた。今生《こんじょう》の別れとなったあの日のことであった。

第二章　黒鳳《くろおおとり》の羽音

一

翌日、源吾宅に主《おも》だった頭《かしら》が集まった。新之助はいつものように四半刻《しはんとき》（約三十分）ほど早く来て、平志郎と遊んでくれていた。日中、散々毬《さんざんまり》で遊んだのに平志郎は一向《いっこう》に飽きる様子はなく、新之助とも毬で遊び、高い声で笑っていた。全員が集まったところで、深雪が平志郎を連れて出て行き、話し合いは始まった。

「どうだった？」

源吾が尋《たず》ねると、まず新之助が口を開く。

「まず火元ですが、尾張藩で二千石を食《は》む、西田兵右衛門《にしだひょうえもん》という男の屋敷です」

「尾張藩は大藩ですから、二千石ならば中堅どころですね」

すかさず星十郎が注釈《ちゅうしゃく》を入れた。

「はい。当家ならば百五十石から二百石取りというところでしょう」

鳥越家の家禄《かろく》は百七十五石で、家中での家格は似たようなものであろう。もっとも新庄藩は常に財政難であるため、その家禄も表向きのもの。実際は借り上げという名目《めいもく》で、その半分以下しか支給されていない。

新之助は帳面も見ずにすらすらと続ける。

「その西田兵右衛門の屋根が何故《なぜ》かぶっ飛びました」

「ぶっ飛びました……って、理由は解《わか》っていねえのかい？」

彦弥が苦く口を歪《ゆが》めて訊《き》いた。

「はい。まだ調べがついていないそうで。隠している様子はなく、本当に解っていないようです。家族、奉公人は無事でしたが、主《あるじ》の兵右衛門と見られる屍《しかばね》が焼け跡から見つかったとのこと」

火薬が爆ぜれば、どうしても何らかの痕跡《こんせき》は残る。火事場見廻《かじばみまわり》が調べても、そのような痕《あと》は見られなかったらしい。兵右衛門の屍は火元と思《おぼ》しきところで見つかったので、初めの爆発を受けて即死。あるいはそれで重傷を負って動けずに焼け死んだ可能性が高いらしい。

「先着は市ヶ谷定火消。次いで尾張藩火消。ここで気になる点が一つあります」

新之助は人差し指を立てて自らの意見を述べた。

　定火消八家は月に一度会合の場を設けている。場所は持ち回りなのだが、今回の火事があった日、市ヶ谷定火消屋敷で会合の最中だったたというのだ。市ヶ谷定火消頭の小宮は決断力に乏《とぼ》しい男で、他の定火消の手前なかなか判断を下せず、かなり出遅れて火事場に着いたらしい。

「だとしても、尾張藩が後に着くのはおかしくありませんか？」

　新之助は疑問を口にして首を捻《ひね》った。家中の者の屋敷が燃えたのだから、自家の火消が真っ先に駆け付けそうなものではないかと言うのだ。

「まさか、狂言《きょうげん》ってことですか？」

　寅次郎が巨軀《きょく》を前のめりにした。

「いや、それはねえだろう」

　源吾が否定したが、他の者は要領《ようりょう》を得ない。ただ武蔵だけが頷《うなず》いて、皆を見渡すと話を振った。

「お前らも火消になってもう四年目になる。だが尾張藩火消の活躍って聞いたことがあるか？」

「そういえばねえなあ」

　と、彦弥は言って寅次郎と顔を見合わせる。

「御三家にして六十万石超えの大藩ですので、人員も多そうなものですが……確かに聞きませんね」

星十郎も考え込んで髪を触る癖《くせ》が出ている。古今《ここん》のあらゆる事柄に通じているこの男でも、火消の事情に関してはまだまだ詳しくない。

「今の尾張藩火消は府下でも一、二を争う軟弱者の集まりさ」

「へえ、意外ですね」

新之助も知らなかったようで眉間を開く。

「今の……と仰《おつしや》いましたが、昔は違ったと？」

流石《さすが》、星十郎である。武蔵の言い回しに違和感を持ったようだ。この件は己から話したほうがいいだろうと言うように、武蔵がこちらに視線を送った。

「その通りだ。尾張藩火消はかつて府下最強の名を恣《ほしいまま》にしていた」

話は今から二十年以上前に遡《さかのぼ》る。尾張藩火消は藩主徳川宗春《とくがわむねはる》に、

──日ノ本一の火消。

になることを命じられていた。その当時の火消頭は懸命にそれに応えようとしたが、一朝一夕《いっちょういっせき》で成果が上がるはずもない。藩主が焦れはじ《じ》めた頃、火消頭は隠居して子に家督《かとく》を譲《ゆず》ることになる。その息子の名を、

「伊神甚兵衛と謂《い》う御方だ」

源吾が言うと、新之助も名くらいは聞いたことがあると応じた。

尾張藩は莫大《ばくだい》な資金を火消組につぎ込んでおり、装備は十分。父の代に積んだ訓練もようやく花開くことになる。だが藩主はそれさえ待たず、これ以上恥を晒すなら火消組を潰すと放言するようになった。藩主の言う日ノ本一の火消とは、火消番付《ばんづけ》で大関《おおぜき》となること。並大抵《なみたいてい》では、到底《とうてい》成し得ない。そう考えた甚兵衛は、無謀とも言える挙に出た。

「大物喰《おおものぐ》いさ」

「柊様の……」

星十郎が声を漏らした。

「こっちが本家本元。与市はそれを真似《まね》たのさ」

昨年、仁正寺藩火消頭の柊与市が同じく「大物喰い」を称《しょう》して、管轄外にまで出張り、他の火消の消口《けしぐち》を奪《うば》ってまで手柄を挙げようとした。仁正寺藩も番付を上げろ、さもないと火消組を削減すると言われていた。

「与市は失敗したが……伊神甚兵衛は見事に仕遂げた」

初めの一年間で出動した回数は百九十七。およそ二日に一度は出張っていることになる。その豪快なやり口に、派手《はで》好きの江戸の庶民は喝采《かっさい》を送った。一方、火消たちは反発し、かなりの軋轢《あつれき》を生んだ。

しかし勘九郎の父であり、当時の加賀鳶の大頭、大音謙八が取りなしたことで後に和解するに至っている。甚兵衛としても止《や》むなく大物喰いをしていただけで、本来揉《も》めたい訳ではない。頭となって二度目の番付で見事大関に上って以降は、他の火消とも協調路線に舵《かじ》を切り、火消の間からも認められるようになっていった。

それから暫くして、火消が生涯かけて出動するほどの現場にたった一年で立ったこと。その類《たぐい》まれなる手腕から、読売《よみうり》が「炎聖」という二つ名を付けたのだ。

「そんなに凄《すご》かったんですね……」

新之助は感嘆《かんたん》して目を丸くした。

「ああ、今より実力ある火消が揃っていた時代だ。その中で頭一つ抜けるのは並じゃない。今の加賀鳶と俺たちを足したくらいの力はあったはず」

「それほどですか。化物みてえな集団だ」

彦弥は舌《した》を巻いて首を横に振る。

「当時は俺もよく野次馬《やじうま》に行ったもんさ。俺の羽織の裏地もその御方を真似したものだ」

伊神甚兵衛の火消羽織の裏地は鳳凰《ほうおう》であった。何度斃《たお》れても蘇《よみがえ》る伝説の神鳥。決して諦《あきら》めないという甚兵衛の決意が込められていたのだろう。火消になった時、同じ鳳凰を背負ってよいかと尋ね、本人に許しを得て火消羽織を作ったのである。

「それほどだった尾張藩火消が今は何故……？」

寅次郎は解《げ》せぬといったように下唇《くちびる》を突き出す。

「今から二十一年前、宝暦《ほうれき》三年（一七五三年）のことだ……」

武家方、町方にかかわらず火消というものは、火事場では上を何とも思わぬ気《き》風《ふう》がある。また命を守る、町を守るという大義名分があるので、多少粗暴《そぼう》な振る舞いや、強引なことをしても咎《とが》められることはない。また庶民たちから絶大な支持を集め出したのもこの頃。付け火の下手人《げしゆにん》を逃《のが》した幕府の捕り方を罵《ののし》り、その尻拭《しりぬぐ》いをする火消が人気の的《まと》となった。

これを快《こころよ》く思わなかったのが、幕府の儒官《じゆかん》を担《にな》う林家《りんけ》である。幕府に秩序《ちつじよ》をもたらすために存在する家としては、権威を何とも思わぬ火消の存在が許せなかった。そこで尾張藩火消に不満を抱く者たちと謀議し、その勇名《ゆうめい》を地に落とすことを企《たくら》んだ。

「だが素人《しろうと》のことだ。火を舐《な》めていた……想像以上の被害をもたらした」

「どうなったのです……」

新之助は喉《のど》をごくりと動かした。

「一夜にして尾張藩火消は壊滅《かいめつ》。百七十一人が死んだ」

皆が一様《いちよう》に押し黙る。暫《しば》しの間、時が止まったような静けさに包まれた。一度の火事でそれほどの火消が死ぬのは、大火を除《のぞ》いては有り得ない。

「伊神甚兵衛率《ひき》いる尾張藩火消は、華々しい台頭、無双《むそう》の活躍、そして最期に至るまで、まるで伝説のようになっちまった。当時を知る火消は決して忘れていないが、誰も語りたがらない。お前らが知らないのも無理はない話さ」

源吾は訥々《とつとつ》と語りながら、もうあの当時を知っている火消も随分《ずいぶん》と少なくなっていることに、時の流れの早さを感じた。

「以降、尾張藩火消は振るわないということですか」

重苦しい雰囲気の中、星十郎が口を開く。

「この話には続きがある」

後の事件を語れば、己の父にも触れねばならない。源吾は伊神甚兵衛の話以上に、このことを口にすることはなかった。深雪にさえも詳しく話したことはないのだ。

尾張藩火消壊滅に際し、伊神甚兵衛ただ一人が大火傷《おおやけど》を負いながら生き延びたこと。その三年後、甚兵衛が己たちを罠に嵌《は》めた連中に復讐を始めたこと。標的は火事場見廻、豪商「白木屋《しろきや》」に連《つら》なる商人、儒家の林鳳谷《はやしほうこく》、そして切り捨てた尾張藩で、二人目まで目的を果たしたこと。

三軒目となる林家の時、大音謙八が糾合《きゅうごう》した火消たち、そして己たち「黄金《こがね》の世代」と呼ばれた者により、その復讐を紙一重《かみひとえ》で潰《つぶ》したこと。最後に、瓦礫《がれき》の下敷きになった甚兵衛を救おうとし、己の父が甚兵衛と共に死んだこと。それらを簡潔《かんけつ》に、出来る限り感情を抑えて語り切った。

「確か大学火事……」

「知っていたか」

新之助が呟《つぶや》くように言い、源吾は深く頷いた。明和の大火以前は、

――明暦以来の大火。

と、言えばこれを指したほどの大火事だったのだ。

「今の尾張藩火消が何故不甲斐《ふがい》ないかは解りました。しかしまた何故……」

新之助が顔を覗《のぞ》き込む。これまで源吾は父の話を皆にしてこなかった。父の話を伏せて説明することも出来たのに、何故今日は話したのか。と、訊きたいらしい。

「いずれ話すつもりだった。だが、なかなか機がなかったからな」

嘘《うそ》ではなく、確かにそう思っていた。ここのところ続く父の背を眺める夢。特に、昨夜の大学火事の夢で、まるで父が皆に話したほうがよいと言っているような気がした。

「ともかく、尾張藩はそのようなことで遅れてもおかしくないって訳さ」

源吾は話を戻し、武蔵に視線を送った。次は武蔵が町の者や火消仲間から聞いてきたことを報告する。

「まず、市ヶ谷定火消、尾張藩火消が到着する前に屋敷に踏み込んだ火消がいます。どうやら近くを通りかかったようだ。御頭もよく知っている男です」

「誰だ？」

「い組の慎太郎、め組の藍助です」

「あの新米二人か……」

今年から各組の戦力が偏《かたよ》らないような配慮がされ、鳶市が開催された。その上で新米の鳶たちは一括《いっかつ》して基礎を叩《たた》き込む。源吾はその指南役の一人に選ばれていたため、二人のことは知っている。

　慎太郎は血気《けっき》に逸《はや》って命令を無視して火事場に出た。そして上った屋根が崩れ落ち、瓦礫に生き埋めになったのを、己は命を懸けて助けようとしたのだ。

　もう一人の藍助はさらに縁が深い。その慎太郎を助けたのは、実質は藍助といっても過言《かごん》ではない。藍助には炎の動きを読みとる不思議な力がある。さらに藍助のその才を見抜き、火消になるよう後押しした者こそ、己を火消の道に引き戻したきっかけとなった火付け。秀助《ひですけ》なのである。

「ただ藍助は屋敷を取り巻く炎が常と違うと、慎太郎を止めたようです」

「どう違ったってんだ」

「それは解りません。藍助に訊く時はありませんでした」

「分かった。続けてくれ」

　自ら藍助に会って訊くのがよかろう。源吾はそう考えながら続きを促《うなが》す。

「慎太郎はそれでも一人で入ろうとしたようです」

「あの馬鹿、懲《こ》りてねえのかよ」

　彦弥が苦笑して横から口を挟《はさ》む。

「いや、中に主人がいるから助けて欲しいと、家臣たちに縋《すが》られたようだぜ」

武蔵が慎太郎を庇《かば》うように言う。それならば、ここにいる誰もが慎太郎と同じ行動を取るだろう。

「で、結局一人で？」

次に訊いたのは寅次郎。この図体に似合わずまめな男は、この話し合いを逐一《ちくいち》帳面に書き込んでいる。

「いや……そこにもう一人、火消が居合わせたらしい」

その火消はすでに主人は死んでいるだろうと、慎太郎を制止した。それでも慎太郎はこの目で確かめるまでは諦めないと突っぱねたという。するとその火消は何を思ったか、自らが先導して慎太郎と共に、燃え盛る屋敷に踏み込んだのだ。しかし、果たしてすでに主人を助け出せる状況ではなく、暫くして二人は屋敷から出て来た。

「驚きますぜ。それが何と、あの進藤内記なんです」

「何だと……」

市ヶ谷で定火消の会合が行われていたということだから、内記が近くにいても不思議ではない。しかし八重洲河岸定火消の手勢を連れていないため、消火に当たれる訳でもない。あの男は出世のためには手段を選ばぬ男。裏を返せば何の手柄にもならぬことは避けるはずだ。

内記は気に喰わぬ男だが、火消としての腕や目が優《すぐ》れているのは確か。内記がすでに助からぬと判断し、実際にその通りの結果となった。それなのに慎太郎と一緒に火事場に踏み込んだのは腑《ふ》に落ちない。

「あいつのことだ。酔狂ということもねえだろう。何か企んでやがるのか」

「解りません。しかしあの男も炎の様子がおかしいと口にしていたのを、周りの鳶《とび》が聞いていたようです。何か気に掛かることがあって、中に確かめに入ったのかもしれません」

武蔵は聞いてきたことに、自身の読みを混ぜながら話した。内記のことも気になるが、まず此度《こたび》の火事を如何に見るかが先だった。源吾は暫く黙してから、星十郎に問うた。

「どう思う？」

「まだこれだけでは何とも……失火と火付け。両方考える必要があります」

星十郎は赤茶色の前髪を横に流しながら話し始めた。

失火の場合、尾張藩士が爆発すると知っている何か。例えば火薬のようなものを置いていた場合と、それが爆ぜるとは知らずに置いていた場合の二つが考えられる。

「付け火の場合はさらにややこしいのですが、いかに火を付けたのか皆目《かいもく》見当がつきません」

新之助と武蔵のどちらも、

——主人の部屋が突如《とつじょ》爆発した。

と、聞いていた。

「火付けだとすれば、最も疑わしいのは、その主人の家族、家臣、奉公人です」

星十郎は多少戸惑いを見せながら言った。

「どうもそんな様子はなかったようですが……こればかりは解りませんね」

武蔵が腕を組んで唸《うな》り声を上げた。この火事に関しては当初から嫌な予感がしていた。これが火付けであったとするならば、

「続くかもしれねえ」

源吾はずっと思っていたことを口にした。

「まだ一件ですが、早めに動いたほうがよいでしょう」

星十郎もすぐに同意した。厠《かわや》の糞尿が発する瓦斯《がす》が爆発を引き起こすことは有

り得る。だが、やはり主人の居室が火元というのは尋常ではない。十中八九《じっちゅうはっく》、火付けであると星十郎も見ている。

「明日はお前たちに訓練を任せていいか」

彦弥には纏《まとい》番と団扇《うちわ》番を、寅次郎には壊し手を任せてある。加えて水番の武蔵は町火消万組の元頭である。己の代わりを務めてくれれば、滞《とどこお》りなく訓練は出来る。

「解りやした。で、お三方は？」

武蔵は二の腕をぴしゃりと叩きながら訊いた。

「新之助、星十郎。明日にでも現場を見てきてくれ」

火事場見廻のほかに、火付盗賊改《ひつけとうぞくあらためかた》方も出ており、すでに焼け跡は封鎖されていることもあり得る。それでも現場を見ることで何か分かることがあるかもしれない。他に火付けの下手人がふらりと戻ってくることも考えられる。この二人こそ適任だった。

「はい。行ってきます」

新之助が応じ、星十郎も静かに頷く。

「俺は藍助と慎太郎に会う。炎の様子、内記のことも聞いておきてえ」

今出来る手は全て打った。皆が頷いたところで一応今日の会議は終わりとなる。頃合いを見計らっていたのだろう。深雪がそっと襖《ふすま》を開けた。

「もう終わりだ」

「はい。では支度《したく》をしますね」

暫く待っていると、深雪が大ぶりの鍋を運んで来た。もう見慣れた光景である。すでに良い香りが漂っている。深雪は鍋を鉤《かぎ》に掛けると、皆の前で蓋《ふた》を取った。湯気が立ち上ると共に匂いも広がる。

「美味《うま》そうですねえ」

彦弥は白い歯を見せて身を乗り出した。

「これは、三馬《さんま》ですよね？」

寅次郎は少し驚いた顔で、微笑《ほほえ》みを浮かべる深雪を見た。今が旬の魚であるが、炭火でじっくりと焼いて食すのがほとんど。鍋の具にするなどは聞いたことがない。

「はい。陸奥磐城《むついわき》のほうでは、よくこうして食べられているそうです。河岸《かし》の親方から聞いたので作ってみようと思いまして」

深雪は作り方を説明した。

三馬の背鰭《せびれ》と腹鰭を取った上で、一寸（約三センチ）ほどの筒切りにして腑《はらわた》を取り除《のぞ》く。塩をまぶして暫し寝かせた後、熱湯に潜《くぐ》らせて水で締める。こうすることで特有の生臭さが取れる。

鍋に昆布《こんぶ》で取った出汁《だし》を張り、その中に先ほどの下拵《ごしら》えした三馬を入れて煮立たせる。出てきた灰汁《あく》をしっかりと掬《すく》って出汁を綺麗《きれい》に保ち、菜、芹《せり》、豆腐を加えてさらに煮て出来上がりらしい。食べる直前に山椒《さんしょう》の粉を振りかけるとさらに旨味《うまみ》が引き立つという。

「でも、何で三馬なんでしょうねえ。魚なのに」

武蔵が首を捻る。星十郎が、拳《こぶし》を口に当てて小さく咳払《せきばら》いをしてから、話し始める。

「滋養《じよう》に富んだ魚で、馬力が出ることから『三馬』の字が当てられるようになったと言われています」

「へえ、為になります」

武蔵が感心して相槌《あいづち》を打ったからか、星十郎はさらに続けた。

「古来は狭真魚《さまな》だとか、沢魚《さわんま》、佐伊羅《さいら》魚と呼ばれていました。今の読みと同じでも青串魚と書くこともあります。これほど読みや字が定まらぬ魚も珍しいかもしれません」

　いつもならば真っ先に歓声を上げるはずの新之助が、口を開いていないことに気付いた。恐らく己と同じ理由ではないかと声をかける。

「新之助、あまり食ったことが無いんだろう？」

「はい。膳に出ます？」

　新之助は苦笑して訊き返した。

「あまり出ねえな。俺も深雪と夫婦になって、初めてじゃねえかな」

「そうですよね」

　このやり取りに、武蔵たちは怪訝《けげん》そうにしている。己たちに代わって、深雪がその答えを皆に教える。

「武家では三馬を下魚《げぎよ》として、あまり食べないのですよ」

「そうなんですか⁉　勿体《もったい》ねえ。秋の三馬は御馳走《ごちそう》ですぜ」

　彦弥は信じられぬといったように、両手を顔の横に広げて首を横に振った。

「何故、下魚などと言うようになったのかは定《さだ》かではありませんね」

　星十郎をもってしても由来は解らないという。

「お前はどうなんだよ」

「私はその手のことは気にしない性質《たち》ですので」

源吾が眉間《みけん》に皺《しわ》を寄せると、星十郎はけろりとして答えた。

「本当に武士は勝手ですよね。せっかく命を頂いておきながら、上だの下だのと」

「む……」

深雪は丸い溜息《ためいき》をつきながら囲炉裏《いろり》の炭を火箸《ひばし》で動かす。そういう深雪も武家の女であるのだが、亡《な》き父の月元右膳《つきもとうぜん》の好物だったらしく、子どもの頃から何の違和感もなく口にしていたらしい。

別に源吾も武士がどうのこうのという訳ではない。幼い頃から膳に上らなかったものは、何となく食べる習慣がないのだ。言わば食わず嫌いである。

「星十郎さんが言うように滋養があり、しかも安いのです」

松永家は表向きには三百石だが、実際のところ百石も受け取っていない。それでいて儀礼などでは三百石並の体裁《ていさい》を整えねばならぬから、家計は火の車だと深雪の小言をいつも聞いている。配下のいる手前、好き嫌いなど言えないのをいいことに、この際食べさせてみようという深雪の些細《ささい》な計略だと悟《さと》った。

「よし、食べてみよう」

源吾と新之助が頷き合い、箸を手に取ったその時である。深雪がさっと掌《てのひら》を向けて制した。

「またか……」

これもすっかりお決まりの光景。役目のことで集まった時の食事に関しては、きっちり銭を取ることになっている。家主である己もその掟《おきて》から逃れることは出来ない。

「それでは、武蔵さん、彦弥さん、寅次郎さん。十五文頂きます」

「え、安いですね」

懐《ふところ》から財布を取り出した彦弥が言った。掛け蕎麦でも十六文だから、比べればかなり安いことになる。

「言っているでしょう。三馬は美味《おい》しいけど安いのです」

「懐に優しくて助かりますな」

寅次郎はにこりと笑って、いつもの銭壺《ぜにつぼ》に十五文を入れる。己も含めて残る三人の表情が曇《くも》る。つまり皆とは値が違うということである。

「では、新之助さん」

「はい……」

新之助は小ぶりの喉仏《のどぼとけ》を上下に動かした。

「今年は番付に気を取られていることはないとか」

「ええ、もうなるようになると」

「町の見回りも欠かしていないと、近所の方々から聞いています。八文に負けます」

「おお！」

新之助は深雪の気が変わらないうちに払おうと、大急ぎで銭壺に銭を入れる。

「次、星十郎さん。走り込みをされていると聞きました。今日は激励も込めてただに」

「ありがとうございます」

星十郎は少し照れ臭そうに頭を下げた。この流れは悪くないと、源吾は内心でほくそ笑んでいた。

「最後に旦那《だんな》様」

「おう」

「大坂の火事が解決した折、大坂火消の方々と宴《うたげ》をされましたね」

「ああ、それがどうした」

少し前の話である。今更《いまさら》何なのかと首を捻《ひね》った。

「滝《たき》組の律也《りつや》さんという方が、芸者さんを呼んで下さり、鼻の下をたんと伸ばしておられたと聞きました」

「何でお前がそんなことを——」

確かに言う通りである。美しい芸者に酌《しゃく》をしてもらった。だが、律也の名が深雪の口から出るとはおかしいではないか。

「まさかお前ら……」

源吾が見ると、武蔵は目を見開いて素早く首を振る。星十郎も手を小さく横に動かした。

「野条《のじょう》様の文に書いてありました」

深雪に料理を指南して欲しいとのことで、弾馬《だんま》と文をやり取りしていることは知っていたが。

「あの馬鹿野郎」

「五十文です」

「これでいいか」

源吾は溜息をつきながら、小粒を二つほど深雪に見せて銭壺に入れた。

「では、どうぞ」

深雪はにこりと笑って皆に促《うなが》す。別に何も疚《やま》しいことはないが、これで機嫌が直るのだから、考えようによっては気が楽なのかもしれない。

「ああ、こりゃあ美味いですね」

彦弥は一口食べて眉を開く。

「焼いた三馬より、味が濃くなる気がします」

寅次郎も舌鼓《したつづみ》を打ってさらに頬張《ほおば》った。

「あ……美味しい」

新之助の顔がぱっと明るくなる。

「ああ、いけるな。もっと生臭いのかと思っていた」

源吾もこれまで一度も食べたことがない訳ではない。その時の三馬の生きが悪かったのか、此度《こたび》は深雪が上手く下拵えをしてくれたのか、以前とは随分《ずいぶん》印象が違った。脂《あぶら》がしっかり乗っており、身が口の中で解《ほぐ》れる度《たび》に旨味が溢れ出て、醤油《しょうゆ》で味付けした出汁と絶妙に合う。

「決めつけは良くないということです」

深雪はそう言いながら、早くも椀《わん》を空《から》にした武蔵におかわりを勧める。

「下魚か……本当に誰が言い出したんだろうな」

源吾は箸で三馬の切り身を持ち上げてまじまじと眺めた。深雪の話では明和が終わって安永に入った頃から、

――三馬が出れば按摩《あんま》が引っ込む。

という諺《ことわざ》のようなものが世間で口に上るようになり、近頃は武士の間でも広く食べられつつあるという。按摩がいらぬほど躰《からだ》によいという意味である。

誰が言い出したものか解らないが、そんな話だけで評価が正反対になってしまうのだから、人とは何ともいい加減なものである。源吾はそのようなことを考えながら、湯気の立つ三馬を口へと放り入れた。

二

すでに時刻は亥《い》の刻（午後十時）を回っているが、田沼意次はなおも文机《ふづくえ》に向かっていた。蠟燭《ろうそく》の行灯《あんどん》が二つ。微《かす》かに揺れて室内の陰影を震わせている。

老中になればそこが、

――上がり。

と思うのか、それまで真面目《まじめ》に働いていても怠慢《たいまん》になる者が多い。大して資料も読まず、日中の決められた会議に顔だけ出し、お茶を濁《にご》す。

しかし田沼は違った。下の者からの細々とした言上書にもいちいち目を通す。まずいと思うものには自ら対処を指示し、良いと思えば採用する。その中でこれはという人物がいれば、登用するように便宜《べんぎ》も図《はか》っていた。自身が出世すればするほど、下が増えるために全てを把握《はあく》するには時が掛かる。この時刻までは、こうして書類を通覧するのが日課となっている。

「殿」

宿直《とのい》の者が襖の向こうから伺《うかが》いを立てる。家臣も己がまだ眠っているとは思っていないし、たとえ眠っていても何かあれば叩き起こせと日頃から命じている。

「如何《どう》した」

「笠《かさ》が」

田沼はその一言ですぐに察した。

「来たか。通せ」

近いうちに姿を見せるとは思っていた。明日になるかと考えていたが、思いの外《ほか》早かった。夜間でも曲輪《くるわ》内に入れる手形を渡してあるため、必要ならばいつでも来るようにと伝えてある。

宿直の者が下がり、別の者が廊下を歩く跫音（あしおと）が聞こえてきた。襖の向こうで止まった時、田沼は筆を動かしながら短く言った。

「入れ」

襖がゆっくりと静かに開く。田沼はちらりと見て頷く。

「ご無沙汰《ぶさた》しております」

確かに近頃は文のやり取りこそあるが姿は見ていない。このように顔を合わせるのは余程《よほど》の大事が起こった時のみである。田沼は筆を置いて、躰を横に向けた。

「如月《きさらぎ》(二月)以来なので、八月振りとなるか。こう……いや、日名塚」

「田沼様もご健勝《けんしょう》で何よりでございます」

麴町定火消頭を務める日名塚要人だった。厳密には日名塚要人はもう病《やまい》でこの世にはおらず、別人が成りすましている。

本物の要人は目立たぬ男で、火消仲間との付き合いも殆《ほとん》どなかった。その男が明和の大火で家族を失い、親類のいる常陸《ひたち》に去ろうという時に田沼は接触し、

——お主《ぬし》の名を貰《もら》えぬか。

と、切り出した。本物の要人はそれが江戸の安寧《あんねい》を守るためだと聞いて快諾《かいだく》し、今の要人と会ってこれまでの経歴などを伝えてくれた。だが常陸に戻る途中、腹痛を訴えて死んだと聞いている。

何故にこのようなことをしたのか。それは自身の息の掛かった隠密《おんみつ》を定火消にするためだった。己と対立する一橋公は、異常なまでに「火」に固執《こしつ》している。故に定火消として探らせるのが最も適当であると判断した。そうした手の者はこの要人だけではない。麴町定火消の百十人全てが、己が全国より掻き集めた者たちなのだ。

「来ると思っていたが早かったな」

「事前に命じられておりましたので」

「うむ」

要人には一橋の陰謀を密《ひそ》かに探らせながら、それ以外にも幾つかの命《めい》を与えている。その一つが、

――尾張藩の者の屋敷が火事に遭《あ》えば、直ちに火付けかどうか調べるように。

と、いうものである。本日の昼、尾張藩士の屋敷が燃えたということはすでに耳にしていた。

「加えて偶然、近くにおりましたのでこの目で確かめてきました。まだはきとは申せませんが、私は付け火と見ております」

行灯の放つ鈍い音。要人はそれを僅かに上回るほどの小声で囁いた。

「屋根が爆ぜて吹き飛んだと聞いた。下手人は火薬を仕込んだのか」

「そのような痕跡はありません」

「では何だったのだ」

「それはまだ」

要人は首を横に小さく振った。

「お主ほどの火消でも解らぬか」

この男は隠密としても、また火消としても申し分ない実力を有している。

「引き続き探ります。下手人を見つけた後は……？」

二人の間に沈黙が漂《ただよ》う。本来ならば捕まえて奉行所《ぶぎょうしょ》、あるいは火付盗賊改《ひつけとうぞくあらため》方《かた》に突き出す。だが要人は別の選択肢があることを知っているのだ。

「下手人による」

田沼が掠《かす》れた声で返す。

「お聞かせ願えますか」

下手人が誰かによって対応が変わるとなれば、それを聞かねば流石に動けない。要人は暗《あん》にそう言っている。

「大学火事を知っているか」

「人並《ひとなみ》には」

要人が子どもの頃の話で、その頃はまだ江戸にいなかった。それでも隠密となって以降は、これまでの江戸の火事も学んでいるだろう。

「凄《すさ》まじい炎であった……」

記憶を呼び起こしつつ、田沼は灯《あか》りの届かぬ天井の隅へと視線を外した。

今から十八年前の宝暦六年霜月《しもつき》（十一月）二十三日未明。林大学頭家から出火。この日、江戸では特有の西北の強い空《から》っ風《かぜ》が吹いていたため、近隣の大名屋敷に延焼していった。さらに鍛冶橋御門《かじばしごもん》。数寄屋橋御門《すきやばし》、日比谷《ひびや》御門に及ぶ曲輪内の大名小路《こうじ》に立ち並ぶ武家屋敷の多くを呑み込み、遂《つい》には周辺の町家にも燃え移る大火となった。これが止まったのは翌日寅《とら》の刻（午前四時）であったため、ほぼ丸一日燃え続けたことになる。

炎の「親」はこれで潰《つい》えたが、風に乗って撒《ま》き散らされた火の粉が、各地に「子」を誕生させていた。

辰《たつ》の刻（午前八時）には築地《つきじ》の武家屋敷からも出火、西本願寺《にしほんがんじ》地内の十四の寺、小田原町《おだわらちょう》など海手の町まで焼き、これは未《ひつじ》の刻（午後二時）頃にようやく鎮火する。麴町からの炎による焼け跡とあわせ、築地周辺は目も当てられぬ惨状となった。

さらに巳《み》の刻（午前十時）、青山権田原《あおやまごんだわら》の六道《りくどう》ノ辻辺《つじあた》りからも火が出た。生まれた炎は餌《えさ》を喰《く》らって瞬《また》く間《ま》に大きくなり、麻布谷町《あざぶたにまち》から芝二本榎《しばにほんえのき》、三田《みた》あたりまで灰燼《かいじん》に帰したのである。

「だが火消が奮戦《ふんせん》したからこそ、それで済んだとも言える」

火が出て間もないうちから名立たる火消たちが繰り出した。時を追うごとにその数は多くなり、江戸中の火消が集結したと言っても過言ではない。

普通ならばそれで指揮系統が乱れるところである。だが、加賀鳶の前大頭である大音謙八は即座に本陣を布《し》くと、全ての火消の総大将として的確に采配を振り、

――一歩も退《ひ》かぬ鉄の意志を見せよ！

と、鼓舞《こぶ》し続けた。それが無ければ、江戸中が火焰に呑み込まれていてもおかしくないほどの凄まじい勢いであった。

「初動が早かったと?」

要人の眉がぴくりと動く。大学火事への対応の経過は伏せられており、ただ江戸の火消が一致団結して炎に立ち向かったということだけが知られている。失火元に火消がすぐに駆け付けたことは、当時、江戸で火消をしていた者の中でも一部しか知らない。

「大学火事は失火ではない。火付けだったのだ。下手人の名は伊神甚兵衛。英雄と極悪人、二つの境遇《きょうぐう》を一つの人生で送った男だ」

尾張藩火消壊滅事件のことは要人も聞き及んでいた。実はそれが大学火事の発《ほっ》端《たん》であることを、田沼は四半刻ほど掛けて丁寧に語った。

「なるほど。そのようなことが……」

全てを聞き終え、要人は畳に落とすように低く呟いた。

「林家も全員が救い出された。当主鳳谷を救ったのは、まだ齢《よわい》十六であった松永源吾よ」

「左様《さよう》ですか……」

「火消では数十人の負傷者を出したものの、死んだのはただ一人であった」

「伊神を救い出そうとして残った火消ですな」

先ほどそのことも語っており、要人は頷いて応じる。

「それが松永の父、重内と謂う男だ」

要人は珍しく喉を鳴らした。整えるように深く息をして尋ねた。

「なるほど。あの男には因縁《いんねん》が深い火事ということですか。して、そのことと此度のことに何が」

要人は狐《きつね》の如《ごと》く怜悧《れいり》に光る目を細めた。

「回りくどくなった。結論に進もう……火元では二人の骸《むくろ》が見つかった」

「救おうとした松永重内。そして伊神甚兵衛」

「だが実際は、骸は一つしか見つかっていない」

「まさか……」

鎮火後、火元を改めた後にすぐに解ったことである。焼けた骸はただ一つ。鳶口を手にし、火消羽織を身に着けていた。それだけならばまだどちらか断定出来ない。しかし二人の身丈は四寸（約十三センチ）ほど違っており、これが松永重内だと確定した。

しかしこのことは世間には伏せられ、火元からの骸は二つと発表された。訳は二つある。一つは当時、読売が連続付け火のことを散々《さんざん》に書き立てていた。そのせいでただでさえ全国で飢饉《ききん》が続き、高かった米価が世情の不安からさらに猛烈に吊り上がっていたからである。さらに蔵米の一部が燃えたことで、

――もう江戸には米が無いのではないか。

という根も葉もない噂も流布《るふ》し始めていた。

幕閣《ばっかく》はこれ以上の高騰は数千、数万の人命にかかわってくると判断したのだ。もう一つの訳は下手人がとても生きていないだろうと考えたからである。林大学頭屋敷は炎上してから相当な時が経っていた。仮に脱出出来たとしても重傷。そう遠からず死ぬはずと考えたためである。結果、それ以降はぴたりと火付けは止《や》むことになったのもまた事実である。

「このことを知っているのは？」

要人は一層声を落とす。

「当時の幕閣の他は、一部の火消だけ」

当の尾張藩ですらその事実は聞かされていないという。火消では大音謙八と譲羽十時、柊古仙、金五郎、卯之助と宗兵衛の六人にだけ伝えられた。身命《しんめい》を賭《と》してこの事件を追っていたことに報《むく》いようとする思い。虫の良い話だが、彼ら優秀な火消には事実を知って貰い、今後も警戒を続けて欲しかったからである。だ

が、そのうち卯之助以外がすでに鬼籍《きせき》に入っている。

「いかにして下手人は逃げたのでしょう」

「重内の骸の傍《かたわ》らには割られた柱があった。そのような焼け方はしないと火事場見廻が見立てている。松永重内が鳶口で削《けず》り、断《た》ったものだろう」

松永重内は最後まで、柱に足の挟まった下手人を救い出すのを諦めなかった。

これは屋敷に入った加賀鳶たち、息子の源吾から聞き取っている。

「間に合ったということですか……ならば、重内は何故逃げなかったのか」

要人は怪訝そうに微かに首を捻った。

「恐らくはもう限界だったのだろう。躰が焼けるより先に、熱で死ぬと聞く」

「しかしそれでは下手人も――」

「下手人は痛みを感じぬ。これも聞き取りから判っていることだ」

「痛みを……感じぬ……そういうことですか」

核心に近づいている。察しの良い要人はすでに勘づいたらしい。

「隠していてすまない。まだ確証が無かったのだ」

暫し黙考《もっこう》した後、要人は下唇を歯でなぞって囁いた。

「私が捕らえそこなったあの男……」

過日、明和の大火の下手人、秀助の手口を模倣《もほう》した火付けがあった。秀助が火薬の調合法を記した帳面を、一橋が探し出すためのものだったと判明している。

それを追っていた要人は二人の男と対峙《たいじ》した。一人は秀助の弟子であった種三郎《たねさぶろう》だと知れたが、もう一人の素性《すじょう》は判らない。だがどうやら五十絡《がら》みの武士らしいこと。顔半分をはじめとして躰中に火傷《やけど》の痕があったこと。そして刀で肩を貫《つらぬ》こうとも、自爆するように至近距離で花火玉を破裂させようとも、全く痛がる素《そ》振《ぶ》りを見せなかった。その全てが符合《ふごう》している。

「かつて炎聖と呼ばれた男、伊神甚兵衛は生きている」

田沼は呻《うめ》くように言い切った。そしてどちらから接触したのかはともかく、今は一橋の一味に加わったのではないかと推理していた。

「尾張藩火消壊滅の折に生き延び、さらに大学火事でもですか」

どちらも九死に一生を得るようなもの。伊神の火消としての経験、痛みを失った躰、加えて類《たぐい》まれなる強運が重ならなければ有り得ない。

「あの男の火消羽織の裏地は松永と同じ鳳凰《ほうおう》。いや……憧《あこが》れた松永が真似したのだと昔の読売で読んだ」

伊神甚兵衛が生きているかも知れないと判明した後、己はそれこそ読売の一枚まで、伊神に纏《まつ》わる全ての記録を取り寄せて目を通した。田沼は仄かに照らされる天井を見つめて続けた。

「鳳凰は何度でも蘇る神鳥……何があっても諦めぬ決意から、伊神はその意匠を背負っていたらしい」

「伊神は復讐も諦めていないと」

「そう見るほかなかろう」

哀《かな》しいかな、命を懸けて救った重内の想いは届かなかった。これが真に伊神の仕業《しわざ》ならばそう考えるほかない。

「元府内一の火消だけに性質《たち》が悪うございますな。さしずめ闇に堕《お》ちて翼も黒く染まった……黒鳳《くろおおとり》というところでしょうか」

要人がこのように喩《たと》えるのが意外だった。冷静沈着な男でも、これから自身が担《にな》う役目の重さを感じ、些《いささ》か感傷《かんしょう》的になっているのかもしれない。

「今後も事件を探ってくれ。これがその『黒鳳』の仕業ならばまだ続く……それも止めて欲しい」

火付けがあればそれを鎮火して欲しいという意味だけではない。もし伊神甚兵衛の仕業ならば、即座に斬《き》れということも含まれている。

普段ならば即応する要人であるが、先ほどといいやはり様子が異なる。僅《わず》かに間を空《あ》けて尋ね返してきた。

「汚れ仕事は構いません。しかし火を止めるとなれば、あの男にも話したほうがよいのでは？」

「あやつには重すぎる」

己が憧れた男が火付けに堕ち、それを止めるために父が命を落とした。それなのに改心することなく、再び地獄から蘇って火を撒き散らしているかもしれないのだ。あの頃と違い成熟したとはいえ、この事実には強い衝撃を受けるに違いない。冷静でいられず、しくじることも考えられる。

「それほどやわな男とは思えませぬが」

畳に視線を落として要人が呟いた。

「そう思うか」

「しかし、田沼様が仰《おつしや》るならばそのように。明日より動きます」

「頼む。探索に必要なものがあれば何でも言え」

要人は頭を下げると、音もなく立ち上がり部屋から下がっていった。再び書類に目を通す気も起きず、田沼はしばらくの間、ぼんやりと宙を眺めていた。

灯りの揺れが変わり、行灯へと視線を移す。同じ長さの蠟燭に火を点けたはずだったが、隙間風《すきまかぜ》のせいか、片方だけが先に燃え尽きようとしている。火消として同じ時代を共に羽ばたくことがなかった二人の鳳。片方の鳳が英雄と呼ばれた頃、一方はまだ雛《ひな》であった。もし再び邂逅《かいこう》したならば、この行灯の火のようにどちらかが先に消えるのではないか。そんな言い知れぬ不安が胸に押し寄せてきて、田沼は萎《しぼ》みつつある蠟燭の火をじっと見つめた。

三

皆で集まった翌日、源吾は日本橋《にほんばし》にある、い組の火消屋敷を訪ねた。い組の鳶たちは己と漣次が古馴染《ふるなじ》みということを知っているため、唐突《とうとつ》な訪問にもさして驚くことはなかった。

「漣次はいるか？」

今日の目的は慎太郎であるが、先に漣次に筋《すじ》を通しておく必要があろう。鳶たちが取り次ぎに行き、暫く待っていると奥から漣次が姿を見せた。この男は天狗《てんぐ》が神通力《じんずうりき》を使うが如く手の力だけで屋根に上ること。さらに平装のみならず火消

半纏にも好《この》んで縞《しま》模様を用いることから、

――縞天狗《しまてんぐ》。

の異名で呼ばれている。火消番付も今でこそ西前頭《まえがしら》二枚目だが、最高は東の小結《こむすび》にまで上っていたことがある。纏師は頭になってしまえば、そうそう自らが屋根に上ることも出来ない。端《はな》から統率を「売り」にしてきた己や勘九郎と異なり、売りを封じられれば落ちるのも仕方ないと、以前漣次が話していた。

「珍しいな。どうした?」

「少しな」

源吾が曖昧《あいまい》な返事をすると、漣次は形の整った片眉を上げ、ふうんと小さく唸った。

「小腹が空《す》いてんだ。近くの蕎麦屋にでも行こう」

何かを察し、屋敷にいるよりも邪魔が入らないと踏んだのだろう。何も考えていない飄々《ひょうひょう》とした風に見せているが、その実は思慮《しりょ》深い男である。

目と鼻の先の蕎麦屋の暖簾《のれん》を潜る。漣次は常連らしく、店の娘から名を呼ばれて軽く手を挙げて応じる。

「奥の小上がり、使っていいかい?」

「どうぞどうぞ」

女将《おかみ》らしき年増《としま》が出てきて快《こころよ》く応じた。

「たまには昼間からもいいだろう？　酒と蕎麦搔きを頼む」

こちらが返答するより先に、漣次は注文を済ませて奥へと進む。

「よいしょっと」

小さく声を上げ、漣次は腰を落ち着かせた。

「爺《じじ》むせえな」

颯爽《さっそう》と屋根から屋根へと駆け抜ける漣次を知っているため、源吾は思わず苦笑した。

「昔と違うんだ。あちこち痛むだろうよ」

「そりゃ多少はな」

このように冷える季節になると、己も脚の古傷がしくしくと痛む日もある。

「纏師は火消の中でも特に怪我が多いからな。彦弥もしっかり休む時は休ませねえと、纏師としての寿命が短くなっちまうぞ」

漣次は今でも江戸一の纏師の座を守っている。その男の忠告だけあって重みがある。確かに吉原の事件でも、彦弥は二階の屋根から三丈（約九メートル）あまりも飛んで地に叩きつけられた。受け身を取ったからよかったものの、打ち所が悪ければ死んでいてもおかしくない高さと距離である。

「確かにな」

「正副二人制を廃するべきだ」

一組に纏師は正副の二人。どこの組でも大抵《たいてい》そうである。昔からの決まり事ということもあるが、纏師は火消の中でも才がなければ出来ない。さらにそれを厳しい訓練で育て上げねばならないため、現実的にそれ以上多くは作れないからであろう。新庄藩では正纏師は彦弥、副纏師は信太《しんた》となっている。

「どうするんだ？」

「纏の組を作る。うちではすでに五人制にしている」

火消の中でも最も華のある役割だ。一人で屋根に駆け上る様に、野次馬たちも喝采を送る。さらに炎が迫っても纏師は最後の最後まで踏みとどまらねばならない。熱さのあまり意識を失い、屋根から落ちて絶命する纏師も数年に一人は出る。

これを根本から変えて、出来るだけ梯子《はしご》を用いて事故を減らすこと。早め早めの交代を行って一人当たりの負担を減らすようにしているらしい。

「粋《いき》じゃねえという町衆もいるがな。そんなことは知ったこっちゃねえ。生きて帰るのが一番さ」

漣次は今では一つの組を率いる頭なのだ。配下の命を守る責任の重さを理解している。己もまたその苦しさは解っているつもりである。

「その通りだな。うちも考えてみる」

ちょうど蕎麦掻きと酒が運ばれてきた。椀の中には茹《ゆ》で湯。そして木の葉のような形の蕎麦掻きが入っており、湯気が立ち上っている。肌寒くなってきたこの季節には特に美味い御馳走《ごちそう》である。酒は冷や。箸で割った蕎麦掻きを口に放り込み、これをちびりとやるのが漣次の呑み方らしい。

「顔を合わせるとやっぱり火消の話になっちまうな」

互いに気を遣う間柄ではない。手酌で酒を注ぎながら漣次は言った。

「ああ……互いに背負うもんが多くなったからな」

しみじみと言いながら、源吾は銚子を受け取った。

「違いねえ」

「ところで新之助が世話になったようだな」

新之助が琴音との見合いで悩んでいた時、たまたま往来で会った漣次が呑みに誘い、話を聞いてやってくれたことを耳にしていた。

「気にすんな。組にかかわらず、後進は育てなきゃならねえさ。お前はあれをどう見ているんだ？」

なかなか改まって訊かれることはない。源吾は湯気の向こうの漣次をじっと見つめながら答えた。

「俺たちの次は与市、燐丞、銀治が……さらにその次代を担う火消になると思っている」

「それを聞いて安心した」

漣次は褐色の頰を緩めた。新之助が一目見たものを決して忘れないという特技を持っていることを、漣次も呑んだ時に聞いたらしい。

「あれは火付けの下手人を見つけるにはうってつけだ」

感嘆《かんたん》するように言って、漣次は杯を傾けた。

「だがその分、危険も伴う。火付けを見つけたらすぐに取り押さえようとするだろう」

「あれで府下十傑に数えられる剣豪だぜ。そうそう危ない目に遭うとも思わねえがな」

「世は広いからな。上には上がいてもおかしくねえさ」

暫し間が空いて、漣次が真剣な面持《おもも》ちになる。源吾は何を言おうとしているのか察した。

「剣豪だけでなく火消も……ってことか」

「察しがいいな」

「勘九郎のことって訳じゃねえな」

「あれも大した火消には違いねえがな。お前ずっと気にしているんだろう?」

「伊神様のことだな……」

図星《ずぼし》であった。この数カ月の間、時折伊神甚兵衛のことをふと思い出すようになっている
「後にも先にも、あの人以上の火消は出ねえ」

初めて番付に載ってから光のような速さで出世を重ね、あっという間に大関に上り詰めた。そこからの活躍も目覚ましく、甚兵衛率いる尾張藩が出た時は、ただの一人も民を死なせなかった。そういう意味では炎との戦において生涯無敗であったと言えよう。そんな伝説の男が率いる尾張藩火消でさえ、一夜にして地上から消え去る。炎がいかに恐ろしいかということが、その一事でよく解る。

「あれから十八年か……」

　遠くを見つめながら、漣次は杯を舐めた。尾張藩火消が壊滅したのが二十一年前。ただ一人生き残った伊神甚兵衛が闇に堕ち、復讐から大学火事を引き起こしたのが十八年前。己と漣次はまだ十六歳だった。

「あれから尾張藩火消は見る影もねえな」

　漣次は杯を置くと大きな溜息を零した。

「実は話したかったのは、その尾張藩のことなのさ」

　源吾はようやく本題を切り出した。慎太郎が非番の時に遭遇した尾張藩士の屋敷の火事。その時の様子を詳しく訊きに来たのだ。

「俺も聞いて驚いたが……まあ今回は間違っていたとは思えねえ」

　なかなか火消が駆け付けぬ中、家族や家臣に縋られれば、一端《いっぱし》の火消ならば屋敷に踏み込もうとして当然である。だが、一人での突入は熟練の者をもってしても難しい。残念ながら、それを仕遂げるだけの力が今の慎太郎には無い。己の力を冷静に測れねば、助け出すべき者が一人増え、他の火消の足を引っ張る可能性がある。そのことだけは釘《くぎ》を刺したという。

「あの頃の俺たちでも同じようにしただろうしな」

「そんなもんで済むかよ。もっと無茶していただろう？」

漣次は片笑んで端整な歯を覗かせた。

「慎太郎は？」

「軽い火傷だけで無事さ。しかし、今回は内記に助けられちまったな」

「あいつ、一体どういう風の吹き回しだ……」

十八年前、幕府は曲輪の中に火消を入れぬようにし、林鳳谷を見殺しにしようとした。己たちはそれを看過《かんか》できず侵入することを決めた。その一味に進藤内記もおり、内側から門を開ける手筈だった。しかし当日、門が開けられることはなく、後に内記が裏切ったと知った。以降、内記と他の黄金の世代と呼ばれた火消たちの交流は、一切途絶えることとなったのである。

「一応、礼には行ったぜ」

「へえ……」

漣次も役目以外での接触は無いと聞いている。それでも頭として、配下を救ってくれたことの筋は通すあたり、己より遥かに人間が出来ている。

「まあ、門前払いだったがな。たまたま居合わせただけで礼を言われる筋合いは無いと、取り次ぎの者に言われたさ」

尾張藩士の屋敷が炎上しているにもかかわらず、まだ数えるほどしか火消は到着していなかった。地位と名誉、そして出世に拘《こだわ》る内記のこと。救い出せば手柄を独り占めに出来ると考えたのかもしれないが。

「話を戻す……すでに聞いているかもしれねえが、その時の炎の様子がおかしかったらしい」

源吾は、武蔵が見聞きしてきたことをそのまま伝えた。

「……なんだそりゃ。慎太郎の野郎。大事なことを言わねえで」

漣次は眉を顰《ひそ》めてこめかみを掻き毟った。どうやら慎太郎はそのことを報告していなかったらしい。

「恐らく火付けだ。まだ続くと見たほうがいいだろう。爆ぜた原因が解らねえと、止めることも出来ねえ」

「慎太郎から話を聞こうって訳だな」

漣次はすぐに財布から銭を取り出して卓に置いた。

「いや、俺も……」

「教えてくれた礼さ」

漣次はそう言って、さっさと店から出ようとする。昔は己も漣次も懐が寂しく、蕎麦屋に入ることがあっても、最も安い掛け蕎麦を啜っていたことをふと思い出した。何の変哲《へんてつ》もない味だったはずだが、常に腹を空かせていたからか、美味さは格別だった気がする。来し方を懐かしみながら、源吾は暖簾を押し上げる漣次に続いて店を後にした。

四

い組の火消屋敷に戻ると、頭の執務部屋に通された。ちょうど慎太郎は昼の当番で詰めており、漣次が人をやって呼ぶとすぐに姿を見せた。

「松永様！」

慎太郎は男の割に長い睫毛《まつげ》を瞬《しばた》かせた。

「おう、久しぶりだな。励んでいるか？」

「教練には何とか付いていけていますが、俺は頭が悪いもんで……なかなか切絵図も覚えられずにいます」

慎太郎は目と口の端を下げて、情けない表情になる。

「俺も完全に覚えるまで二年近く掛かったぜ。地道にやることだ」

「松永様でも……少しやる気が湧いてきました」

陽《ひ》が差したように、慎太郎の顔がぱっと明るくなる。

「慎太郎、座れ。訊きたいことがある」

怒っているという訳ではない。だが、いつものような軽やかさはなく、漣次の口調には威厳が滲《にじ》み出ていた。

漣次は過日の火事で、藍助と内記が炎の様子がおかしいと言っていたのかと尋ねた。そして、それが真実だと解ると、

「いいか。どんな些細《ささい》なことでも報告するのを忘れるな。現場に立つだけが火消の仕事じゃあない。普段の備え、その後の対策、全てが大切なんだ」

と、嚙んで含めるように諭《さと》す。若い頃はいつもふざけていた漣次が、こうして配下を導いている様を見て、改めて時の流れを感じた。

「申し訳ございません……」

慎太郎が項垂《うなだ》れると、漣次はくどくど責めずに話を戻した。

「で、どうなんだ？」

「はい。藍助は確かに何かがおかしいと。ですが、それが何なのかは上手く説明出来ねえみたいでした」

「内記も同じように言ったと聞いたが？」

「はい。同じように……進藤様は戻り際、姿勢を低くして畳を見ておられました」

「畳を見ていた？」

漣次は鸚鵡《おうむ》返しに言って首を捻る。

「息を吸っていたんじゃねえのか？」

源吾は横から重ねて尋ねた。煙が下から上に流れることは、子どもでも知っている。それなのに己が火事に遭遇すると動揺してしまい、屈むことを忘れて煙を吸い込んでしまう。火事で人が死ぬ場合、煙のせいで昏倒《こんとう》することが殆どである。

「いえ、息は別に」

内記は床に口を付けるようにして息を吸っていたらしい。その時は、はっきり床を凝視《ぎようし》していたと慎太郎は語った。

「どういうことだ」

漣次と顔を見合わせる。内記は何を見ていたのか、聞いただけでは見当が付かない。新たに分かったことは、それだけであった。

「慎太郎、邪魔したな」

源吾が礼を言うと、慎太郎はお辞儀をして部屋を出て行った。跫音《あしおと》が離れていった頃、漣次が重く口を開いた。

「源吾、相談がある」

「同じことを俺も考えている」

「今後暫くは若手を火事場に出さねえようにしよう」

漣次が言ったことは、まさしく己の思っていたことと符合していた。

「ああ……そのほうがよさそうだ」

どんな手法を使っているのか糸口さえも摑めない。下手人もそのことに自信を持っていると見てよい。同じ手口が繰り返されるだろう。

そして火付けを許せば、その火は屋根を突き破るほどの爆風を巻き起こす。火元にいた者は十中八九、助かるまい。仮に死を免《まぬが》れたとしても、陣太鼓が打たれるまでもつかどうか、炎に巻かれて絶命することになるだろう。

「狙われたら最後、絶対に救えねえ……」

漣次は歯を嚙み締めながら言った。

「だが、あいつらにはそれが解らねえだろうな」

源吾は天井に向けて吹きかけるように、息を吐いた。

とにかく火元に近い者から救おうとするのは、若い火消にありがちなことだった。それは勿論《もちろん》間違いではない。だが、あくまで尋常の手段だ。それだけでは通じない火事場もある。

「命に順番を付けるなんざ、若え奴《わけ》には無理だ」

漣次は苦しそうに首を振った。

どんな命でも等しいものとして扱い、決して救うことを諦めてはならない。敢えて命に差を付けるとすれば、火消とそれ以外。自らを危険に晒《さら》そうとも救うことを厭《いと》わない。それが火消の理想にして正義であると、源吾は信じぬいている。

だが、救うべき者が何人もいたとしたらどうするか。間に合うならば最も危ういところにいる者から助け出す。しかし間に合わぬとなれば、助けられる者から助けねばならない。即ち、

――助からぬ者は見捨てる。

という冷酷な決断を、時には下さねばならないのだ。

火事場での判断に正解など無い。まだ救えたのではないか、人を見捨てたのではないかと生涯苦しむことになる。己も火消になって十数年は迷い続けていた。

それでも己の経験を信じて前に進むほかない。止まっていても今日も、明日も、助けを求める者がいるのだ。だがその経験を持たぬ若者たちにそのような分《ふん》別《べつ》がつくはずがない。理想と正義を追い求めて、花咲く前に消えた新芽をこれまで多く見てきた。

「まるであの時のようだな」

源吾は上を向いたまま呟いた。

十八年前、己たちは慎太郎と同じ若火消の立場であった。その時は毒煙に巻き込まれぬために、今は絶対救えない者を助けようとして命を散らさぬために。火事の様子は違うが、若火消には相性の悪すぎる事件であることに違いはない。

「勝手に振る舞って、師匠に思い切り殴られたっけな」

漣次は頬をつるりと撫でて、どこか懐かしそうに苦笑した。漣次の師にして、に組の新米の慶司の父、白狼の金五郎も明和の大火の前年に殉職している。

「大音様たちの気持ちも今なら解っちまう」

「俺たちが老《ふ》けたってことだろうな」

漣次は薄く浮かんだ口の周りの皺を指でなぞった。己も最近になって髭《ひげ》に剃刀《かみそり》を当てる時、疎《まば》らに白いものが混じっていることに気付いた。そんな時、火消としての寿命が短くなっていると実感する。

「老け込むにはまだ早い。あと十年は踏ん張らなきゃならねえよ」

日頃から己に言い聞かせていることである。漣次は苦い笑みを浮かべた。

「違いねえ」

「府内の主だった火消を集める。発起人《ほっきにん》は大物のほうがいい」

「何から何まで、あの時と同じじってか」

漣次はすでに誰のことか察しがついている。源吾はゆっくりと頷くと、力強く言い切った。

「発起人は加賀鳶、大音勘九郎を恃《たの》む」

五

源吾はその場で筆と紙を借り、勘九郎に宛てて文を認《したた》めた。すぐに、い組の鳶が加賀藩上屋敷に向けて発《た》つ。明日にでも返事があるだろう。

漣次に別れを告げ、そこから源吾は芝方面に足を向けた。今度はめ組の火消屋敷に行き、藍助と面会するつもりだった。

「これは、松永様」

ちょうど屋敷の前でめ組の頭の銀治と鉢合わせした。

「見回りか？」

「はい。今終えて戻ったところです。夕餉を食べたら夜回りに出ます」

「精が出るな」

銀治は頭となった今でも町の見回りを欠かさない。今日も朝の訓練を終えたらすぐに町に出て、燃えやすい物は家の中にしまう、天水桶に水を張るなど、管轄内で注意を促してきたという。他にも荷から零れた藁《わら》や紙くずまで拾っているそうで、頭が下がる。さらに毎日の夜回りも行う。腰に提灯を差し、拍子木《ひょうしぎ》を打って回る姿を見て、人は銀治に「銀蛍《ぎんぼたる》」と渾名《あだな》を付けた。火事場で活躍することばかりが持て囃《はや》されるが、火を出さないのが最も良いに決まっている。華は無くとも、地道に努める銀治の評価は、火消の中では頗《すこぶ》る高かった。

「今日は如何されたので？」

「実はな……」

源吾はめ組を訪ねた訳を話した。こちらは藍助からあらましを詳しく聞いていたらしい。

──何かおかしいのです。

必死に訴えるが、何かだけでは流石に銀治も解らず困り果てていたところらしい。

「松永様なら何かお気づきになるかもしれません。今藍助を呼んでまいります」

銀治はそう言ってすぐに応じてくれた。藍助は訓練が終わった後も、一人で残って俵運びや、梯子上り、走り込みなどを行っているらしい。

「私の部屋をお使い下さい」

「お前は立ち会わねえのか?」

「藍助も二人のほうが話しやすいこともあるでしょう」

藍助の才を見出したのは、あの秀助であった。二人の間に如何《いか》なる交流があったのか知ったのは、前回の火事の折。世間では明和の大火の下手人は「無宿者《むしゆくもの》の真秀《しんしゆう》」となっている。秀助がそう名乗った訳は、多くの人に夢を与える花火師と知られたくなかったからかと思っていた。だが話を聞いた後は、

──藍助に隠したかったんじゃねえか。

と、思うようになった。秀助は最後には全ての罪を受け入れる覚悟を決めていた。藍助から憎まれることを恐れた訳ではなかろう。想像に過ぎないが、火消に

憧れる少年の経歴に傷を付けたくないと考えたのではあるまいか。ために、藍助は今も秀助が下手人だったことを知らない。

藍助から全てを聞き終えた後、源吾は、

――秀助のことは胸に秘めておけ。これは秀助のためにもなる。

と強く釘を刺した。下手人の真の名が秀助だということは、限られた者しか知らないのだ。勘九郎などの一部の火消はまだよい。だが厄介《やっかい》なのは、秀助を誑《たぶら》かした一橋公である。

一橋公は、秀助が火薬の調合法を記した帳面を探していた。その帳面は藍助の目の前で燃やされたことも聞いたが、秀助に勝るとも劣らぬ弟子がいると知れば、一橋が狙ってくることは想像に容易い。藍助の身を守るためにも、絶対に知られてはならなかった。

ただ、頭であり、請人《うけにん》でもある銀治だけにはこのことを伝えていた。藍助は銀治が知っていることを知らない。故に秀助のことも話したいだろうと気を配ってくれたのだ。

「すまねえな。俺が教練場に行くくさ」

「はい。見てやって下さい」

銀治は微笑みながら手を宙に滑らせた。

教練場に入ると、塀に掛けた梯子を上ろうとする藍助の背が目に飛び込んで来た。会合などを行うのか、年季の入った小さな講堂がある。声を掛けずに歩を進めると、その縁に腰を下ろして眺めた。

藍助はこちらに気付かず訓練を続ける。動きはお世辞にも機敏《きびん》とは言えず、息も上がっている。己が初めて梯子上りをしたのは、六つか七つの時。その頃にはすでに火消に憧れており、どうしてもやりたいとせがんだのだ。頭取並の神保《じんぼ》頼《たの》母《も》以下、皆が怪我をしたら事だからと許してくれなかった。

――やってみるか。

そう言ってくれたのは父であった。母は死の間際に、己を火消にしないで欲しいと頼んでいたらしい。父もそのつもりで家中に根回しをしていた。それでも心のどこかで、息子が火消になりたいというのを喜んでいたのかもしれない。平志郎が同じことを言ったなら、きっと今の己も同じ心持ちになるような気がする。

幼い己は胸を躍《おど》らせて梯子に上った。半ばでふと下を見ると、父は心配そうな顔でこちらを見上げ、腰を落として両手を広げていた。

――源吾、上手いぞ。だがな、梯子というものは……。

梯子上りの要領を教えてくれた。父の向こう、沈みゆく夕日が美しく、眩《まぶ》しかったのをよく覚えている。

父は忙しかったが、それからも稀に早すぎる訓練に付き合ってくれた。それから数年で父を毛嫌いするようになってしまったので、思えばあの頃がいちばん多く父と過ごしていたかもしれない。

そのようなことを茫《ぼう》と思い出しながら、藍助の背を見守り続けた。

藍助は急ごうとするあまり、横桟を摑みそこねて、尻《しり》から地面に落ちた。悔しげに立ち上がり、再び梯子に手を掛けた時、源吾は思わず口を開いた。

「はなから速く上ろうとしても駄目だ」

はっとした様子で藍助が振り返る。

「松永様……」

「おう。気張ってるようだな。でも梯子はそれじゃ駄目だ」

源吾はよっと腰を上げて、藍助に近づいていった。

「まずゆっくりでいい。やってみろ」

「はい」

藍助は頷くと、梯子を上り始める。

「もっとゆっくりだ」

「もっとですか？」

梯子の途中で藍助が振り返る。

「ああ、蝸牛《かたつむり》が這《は》うようにな」

そのように喩《たと》えていたのは父だったか。今ではすっかり梯子を教える時の己の口癖になっている。時をたっぷり掛けて藍助は一番上まで昇る。

「筆と墨、あるか？」

こくりと頷いて、藍助は詰め所に取りに行く。源吾は筆を受け取ると、横桟にちょんちょんと印を付けていく。

「この印を踏む。そしてまたゆっくりだ」

「分かりました」

何度か繰り返したところで、地に降りた藍助に向けて言った。

「闇雲《やみくも》に速く上ろうとしても上達しねえ。梯子上りは型なんだ。脚の幅も寸分違《すんぶんたが》わずに、型として躰に叩き込め。脚が手がと考えているうちは駄目さ。初めはゆっくり、毎日ほんの少しずつ速くしていけばいい」

「なるほど……ありがとうございます！」

「これは俺の考えさ。銀治にも訊けよ」

「はい！」

藍助は嬉しそうに顔を綻ばせた。

「ちょっと、いいか？　この前の火事のことだ」

親指でくいと軒先を指すと、藍助は頰を引き締めて頷く。二人で縁に腰を掛け、源吾は切り出した。

「炎がおかしいと言っていたと聞いた。出来るだけ詳しく教えてくれないか？」

「でも、何と言えばいいのか、難しくて……」

「下手くそでもいい。お前の思ったままを聞かせてくれ」

源吾は優しい調子で話しかける。

「ええと……なんか変なんです」

「それじゃあ流石に判らねえなあ」

聞きだすのは難しいかと考えた時、藍助が小声でぽつんと呟いた。

「逆様《さかさま》……に見えるんです」

「逆様？」

「上が下にあるというか……」

藍助が描く説明するには上にあるべき炎が下に、下にあるべき炎が上にあるという。

「なるほどな」

「ごめんなさい……何を言っているか解りませんよね」

藍助は申し訳なさそうに俯いたが、源吾は顎に手を添えながら答えた。

「いや、言いたいことは何となく解る」

「本当ですか!?」

「炎の上と下で違うことが一つだけある。熱さだ」

炎というものは先端が最も熱いという性質がある。その先端が隣家に嚙みついて類焼する。それは熟練の火消ならば知っていることであった。

「まあ、確かめようはないがな」

源吾は口を歪めつつ続けた。

炎を触る訳にもいかず、仮に触ったところでその差を人は感じられぬだろう。あくまで火消がそうらしい、と気付いたことであって、「熱くない」根本の方の炎でも十分に人を焼き殺すのだ。

「お前が言う逆様ってのは、この熱さのことじゃねえか。先よりも根本のほうが熱いということだ」

　炎を上下で分けて大きく違うのはこれだけ。藍助の言っていることが正しければ、仮説ではあるが、これがかなり有力ではないかと感じている。

「そうなんですかね……」

「なるほど」

　源吾は首を捻った。藍助は炎を読むという点において、常人離れした才を持っている。だが、炎の何を感じているのかは当人でもよく解っていない。少なくとも熱さは言われてもぴんと来ていないようなので、肌で感じとっているものではないらしい。

「お前の言う『逆様』はずっと続いたのか？」

「はい。暫くはずっとそんな炎でした」

　──瓦斯《がす》かもしれねえな。

　源吾は聞きながらそう思った。瓦斯のことは星十郎に教えて貰った。その瓦斯に後押しされている炎は、通常のものより熱いことを源吾は体験している。藍助のいう逆様は、上が弱く、下が強いのではなく、上は強く、下がさらに強いのではないか。つまり火元の部屋には瓦斯が充満していた。それならば屋根が吹き飛んだこととも符合する。

「暫くってことは、どこかから普通の炎に変わったのか？」

「どこかからというより、徐々に……ですかね」

「徐々にか」

源吾は顎に手を添えて考え込む。瓦斯だと仮定する。ならば「何か」が屋敷内で瓦斯を生み、爆発を引き起こしたということだ。

だが、そのようなものは考えつかない。それを屋敷に仕込む方法も判らないし、瓦斯が充満した部屋に火を放つ方法も今は見当が付かない。火を付ければ下手人もただでは済まないはずだ。

後は星十郎の力も借りねばならないと、源吾は話を打ち切った。

「ありがとう。役に立った。早く一人前の火消になれよ」

藍助の顔が明るくなったのも束の間、すぐに翳《かげ》るのを見逃さなかった。源吾は眉を寄せて尋ねた。

「どうした？」

「私は火消に向いてないから……進藤様に言われたんです」

「何だって」

己の声に一気に怒気が滲み、藍助は顔を強張らせる。源吾は深く息を吸って落ち着かせて続けた。

「内記が何て言ったんだ？」

「慎太郎が火元から出て来た後……」

藍助はその時のことを詳《つまび》らかに話す。源吾の頭の中に疑問が駆け巡った。内記の言ったことは確かに正しい。己も同じことを言うかもしれない。だがそのような言葉を内記が言うことが意外だった。

そして、図らずも藍助の最大の弱点が分かってしまった。

――炎が見え過ぎる。

と、いうことである。前回の狐火もどき事件の時、現場の全ての火消が諦めかけていたのに、藍助だけは爆破消火で太刀打ち出来ると読んだ。

一方で今回止めたのは、己たちの手に負えない炎だと即座に解したからだろう。何を思っているのかはともかく、幸い内記がいたから無事だったものの、二人で突入したら死ぬことまで見えていた。

熟練の火消でも及ばぬ「才」を持ちながら、「心」はまだ一年目の新米火消。藍助からぬと頭で解っていても、見捨てる非情の決断が出来るはずもない。ましてや藍助はどんな者でも助ける火消に憧れ、この道に入ってきたのだ。全てが己の弱さのように思えてしまうのだろう。

「確かに内記の言うとおりかもしれねえ」

いくら内記を嫌っているとはいえ、言っていることが間違っている訳ではない。源吾は一語一語丁寧に続けた。

「今度、自分たちに無理だと思えば、慎太郎の足に縋りついても止めるんだ。お前の才を信じろ」

「でも……」

自分の炎を視《み》る力に不安を抱いているのが、ありありと解った。

「俺が出逢った中で、最もその力が優れていたのは秀助だ」

これは真実であった。あれほどの炎の天才はこれまで見たことが無い。そして今、もう一人。己の前にいるのは、その天才が見出した未完の大器である。

「秀助を信じろ」

「はい」

藍助の眼に薄っすら涙が浮かんでいる。

「だが一つ言っておく。己が絶体絶命となった時、もう助からねえと感じても……その時だけは諦めるな。火消をやっていると奇跡の瞬間《とき》に巡り合うことがある」

「奇跡の瞬間……」

「ああ、得体の知れぬ力が湧いてな。己でもどうやってやってのけたか判らないままやってのける。所謂《いわゆる》、火事場の馬鹿力ってやつさ」

これから数々の死線を潜ることになるだろう。自分が追い込まれた時、たとえ望みがない炎を読み取ったとしても諦めるなということである。

「藍助……秀助のことは話してねえよな」

名が出たため、よい機会と思って訊いた。

「はい。誰にも」

内記が藍助と秀助の関係を知り、籠絡《ろうらく》するために近付いたという可能性はないか。いや、内記は定火消の寄り合いに出ていた。火事場に駆け付けた時に慎太郎、藍助がいたのも偶然だ。

「改めて言うが、絶対に誰にも教えちゃならねえ。秀助のためなんだ」

藍助はこくりと頷いて、赤く染まっている西の空を見上げた。

「秀助さん、元気かなあ……」

澄み渡った風が吹き抜ける中、群れとなった烏が飛んでいる。

「きっとな。今日も誰かに花火の作り方を教えてるんじゃねえかな」

源吾が腰の辺りを軽く叩くと、籠った音色が聞こえる。秀助の形見とも言うべき小さな鈴を、源吾は肌身離さず、中帯に括りつけて持ち歩いている。秀助が俺の代わりに藍助を頼む。そう言っているような気がして、源吾も茜空のさらに向こうへ想いを馳《は》せながら、藍助の肩を叩いた。

第三章　連合の系譜《けいふ》

一

府内の名だたる番付火消《ばんづけびけし》、定《じょう》火消、三十万石以上の大名火消の頭《かしら》が一堂に会したのは、勘九郎に文を書いた僅《わず》か五日後のことであった。

まず翌日には、牙八が勘九郎からの文を携《たずさ》えて新庄藩上屋敷を訪ねてきた。

「大頭《おおがしら》は好きにしろと」

発起人《ほっきにん》に担《かつ》ぎ上げられるのを了承してくれた。牙八によると勘九郎も火事の後から、深刻そうに考え込む時があったらしい。恐らく今回の火事に対し危惧《きぐ》を抱いていたのだろう。

その日のうちに源吾が訪ねたのは銕三郎《てつさぶろう》こと長谷川平蔵《はせがわへいぞう》であった。徳川幕府の治世《ちせい》が長く保たれているのは、時代々々に優《すぐ》れた為政者《いせいしゃ》が出たこともあるが、あらゆる者を深い猜疑《さいぎ》の目で見てきたことが大きいだろう。謀反《むほん》の種は徹底的に取り除《のぞ》く。そのための諜報活動に重きを置いていた。無届で五十を超える火消頭が集まるなど、どんな疑いを掛けられても仕方がない。先に許しを得ておかねばならないのだ。

「また厄介事《やっかいごと》かよ」

顔を見た途端《とたん》、平蔵は項《うなじ》に手を回して苦笑する。父譲《ゆず》りの慧眼《けいがん》を持つ平蔵であるが、今回危惧されていることは流石《さすが》に気付いていなかった。

「田沼様に許しを得ればいいんだな。明後日《あさって》までにはお前のところに行く」

平蔵はこちらの来意を知るとすぐに引き受けてくれた。そして実際に二日後の昼前、教練場に姿を見せたのである。

「結論から言うと、構わねえとさ」

平蔵の言い方に含みがあることを感じた。

「何かまずいことでもあったのか？」

源吾が尋ねると、平蔵はひょいと首を捻る。

「いや……田沼様も若い火消を守るためには必要だろうと仰《おっしゃ》っていたしな。だが、何かいつもより歯切れが悪いように感じただけさ」

源吾には、老中の心中を推《お》し量《はか》ることはできない。何か思い悩むことがあるのかもしれないと、さして深く考えることはなかった。

こうして加賀藩火消大頭、大音勘九郎の名でもって府内の主《おも》だった火消たちに参集が呼びかけられたのである。会合の場所をどこにするか。発起人である加賀藩の上屋敷、あるいは幕府直轄《ちょっかつ》の定火消屋敷か。ひと悶着《もんちゃく》あるかと思ったが、先方が引き受けてくれるならばという条件付きであるが、勘九郎が断固《だんこ》としてここにすべきと主張した場所がある。

――仁正寺藩上屋敷。

十八年前、当時の火消頭たちが一堂に会した地、つまり火消連合発祥の地だった。それまでは各々《おのおの》連携することはあっても、江戸中の火消が一つに纏《まと》まるということはなかった。大学火事という明暦以来の大火に、力を合わせて臨《のぞ》んだということの影響が大きかったのだろう。以後も江戸存亡の機には足並みを揃えるようになる。

だが、己たちの世代になってからは、本格的に全火消が力を合わせるということは起きていない。大音謙八と謳う声望高い大物火消が世を去ってからというもの、音頭《おんど》を取れる火消がいなかったこともある。まだ記憶に新しい明和の大火の時ですら、各地でそれぞれの火消が炎と戦ったに過ぎない。

火消連合という名は使っているものの、秀助を追っていた時もほんの一部の火消だけ。狐火もどき事件の時も、鳶市からの流れで火事場に向かっただけだった。ここまで本格的な会合の場を持つのは、やはり初めてのことであった。

「手間かけてすまねえな」

源吾が声を掛けたのは、仁正寺藩火消頭の柊与市である。こちらの申し出を快く受けてくれ、今日も配下の鳶を使って皆を出迎える段取りもしてくれている。

「金を出せと言われれば困りますが、躰を動かすのはただなんで」

与市は凛々《りり》しい眉《まゆ》を開いて戯《おど》けてみせた。仁正寺藩は僅か一万八千石の小大名で特筆すべき産物もない。度々《たびたび》飢饉《ききん》に見舞われる新庄藩ほどではないだろうが、台所はかなり苦しいと聞いている。

「そろそろか」

源吾はすでに席について、銘々《めいめい》近くの者と雑談する衆を見渡した。

「ええ、例外の二組を除《のぞ》いてですがね」

与市は指を二本立てて苦笑を浮かべた。

まず一組目は「に組」。組としての参加は表明したものの、頭の辰一はこの場に姿を見せていない。代わりに副頭で番付にも名を連ねる宗助が出席している。

そもそも辰一に伺いを立てれば反対するのは目に見えているからと、宗助は己の一存で協力を表明した。その後で辰一にも顔を出すように散々《さんざん》説得したが、

――お前が勝手に出ろ。

と、吐き捨てて話を打ち切ったという。こうなることまで予想していたのだろう。これで一応は頭の許しを得たと、宗助はにんまりと笑っていた。この一年で辰一の扱いが格段に上手くなっており、宗助が副頭に上ったのも納得出来る。

「出ていねえのが、両関脇とはな」

源吾は舌打ちをした。

残るもう一組こそ、辰一と並ぶ西の関脇、進藤内記が率いる八重洲河岸定火消であった。文での返事こそ来たものの、

――一身上の都合にて。

と出席を断り、代役を立てることもない。狐火もどき事件の時は仕方なく合力《ごうりき》したものの、忌々《いまいま》しそうに舌を鳴らしていたのを源吾は見ている。辰一とは毛色は違うものの、やはり皆と足並みを揃えるつもりはないらしい。

関脇二人以外の皆が揃ったことで、源吾は勘九郎の脇に腰を下ろした。勘九郎を中心に六十ほどの火消頭が居並んでいる。家格、石高《こくだか》、直臣《じきしん》、陪臣《ばいしん》などを加味

すれば席順は一向に決まらない。決して良いことばかりではない火消番付だが、火消の集まりだからという理由を立てれば、こういう時には役立つものである。

頭だけでなく番付火消ということで、新庄藩から上座近くには武蔵や星十郎。中ほどに彦弥、寅次郎。末席のほうには新之助も座っている。加賀鳶などは一番から八番まで全ての組頭がいた。

「揃った」

源吾は正面を向いたまま言った。

「あの時、父もここに座ったのか」

珍しく勘九郎の声に感慨《かんがい》の色が滲み出ている。

「ああ……大音様に負けぬように頼むぜ」

源吾が言う「大音様」は謙八のこと。あの時は己たちが守られる側。今は守る側となっている。十八年前も参加した者で、今ここにいるのは尾張藩火消頭の中《なか》尾将監《おしょうげん》や、米沢藩火消頭の神尾悌三郎《かみおていざぶろう》など数えるほど。火消の寿命の短さを見事に象徴していると共に、その意志は受け継がれていくのだと感じずにはいられない。

勘九郎は乾いた咳払《せきばら》いをした後、部屋の隅々まで通る声で切り出した。

「皆々様、ご足労頂き誠に恐縮致します。この度お集まり頂いたのは他でもない。過日《かじつ》、市ヶ谷で起きた火事についてでござる」

衆の反応は様々であった。すでに予想がついていたという者は小さく頷くが、残りはざわめく。江戸の存亡に関わるということで、すでに老中田沼から会合の許しを得ているとだけ告げており、内容については今初めて触れた。

「これが火付けによるものとは、ここにおられる皆々様ならばすでにお気付きのはず。まだ一件のみだが……まだ続く公算は高いものと思われる」

火付けというものは二つに大別される。一つは激情型によるもの。感情の赴《おもむ》くままに火付けをするため、手の込んだことはせずに単純な方法で行われる。手掛かりも多く残し、すぐにお縄になることが殆どである。

二つ目は計画型のもの。動機は復讐や快楽など様々あるものの、大抵は綿密《めんみつ》に手筈を練る。そもそも、

——捕まりたくない。

のである。快楽の場合は何度も楽しみたいがため、復讐の場合は他にも狙う者がいるなどの理由で、今回の場合も恐らくそれに当たる。故にまだ続くと見たほうがよい。

「此度《こたび》の下手人の手口。未熟な者には相性が甚《はなは》だ悪い……」

勘九郎は滔々《とうとう》とその訳を語った後、

「火消になって三年目までの者は出さぬように願いたい」

と、結んだ。大半は納得したが、一部は要領《ようりょう》を得ない様子。衆の中から手が挙がる。先日の火事に対応した市ヶ谷定火消の小宮である。

「小宮殿」

勘九郎は視線を走らせて低く名を呼んだ。

「何故、留《とど》めるのを若い火消に絞るのだ。当家は入れ替わりの時期にて、半数近くが三年未満。そのような次第になれば、まともに役目を果たせぬ」

源吾は小さく舌を打つ。勘九郎も呆《あき》れたような溜息を零すのが分かった。定火消というものは概して気位が高く、自分のことしか考えていない者が多い。己たちが常日頃から考えていることは、想像も出来ないらしい。

勘九郎はすぐに答えずに腕を組んで天井を見つめる。皆がざわつき始め、源吾が代わりに口を開こうとした時、勘九郎はようやく話の口火を切った。

「十八年前、同じ決断が下されました。当時は中堅の火消の数が足りず、経験豊かな火消がなかなか引退出来なかった……」

　そこで一拍間を置き、勘九郎はさらに言葉を紡《つむ》ぐ。

「次の世代が育たぬまま死んだとあれば、江戸の防火が成り立たぬところまで追い込まれる。故に当時の頭たちは若い火消を守ろうとされたのです」

　現実、その通りとなった。黄金の世代と呼ばれた己たちがいないとすれば、とてもではないが増加の一途《いっと》を辿《たど》る江戸の火事に対応出来なかったことだろう。

「しかし今は当時と違い、層が厚いのでは？」

　半数を繰り出せぬことが嫌なのだろう。小宮は自らが大した火消でないことを棚に上げてさらに言った。

「兵馬」

「はっ」

　名を呼ばれて、上座近くにいた兵馬が皆に向けて朗々と話し始めた。

「小宮殿が率いられている市ヶ谷定火消の管轄内での火事。二十年前では十九件ですが、昨年は四十五件。続いて飯田町では八件から三十一件に。皀角坂《さいかちざか》上では二十一件から四十件。八重洲河岸では九件が十一件に……」

　江戸は八家の定火消の管轄で分けることが出来る。その仔細《しさい》を覚書も見ずに兵馬は正確に話し、最後に、

「小火も含めれば、この二十年でさらに膨《ふく》れ上がっております」

と、隻眼《せきがん》で衆を見渡して言い切った。ここで勘九郎が軽く手を挙げて話を引き取る。

「江戸に出て来る者が毎年増えているため、さらに二十年後に今の倍となれば我々だけでは対処出来ぬ。若い火消を何としても育てねばなりません」

理路整然《りろせいぜん》と説明され、小宮はぐっと黙り込んだ。

「御一同、二十年先の民の為、何卒ご理解を頂きたい」

勘九郎は背筋を伸ばして両膝《ひざ》に手を添え、皆に向けて頭を下げた。

「よ組は構いませんぜ。世代が固まらぬように常に気を配っています。三年未満ならば五分の一ほどです」

真っ先に応じたのは秋仁。十八年前、己たちと一緒に無茶をした一人である。先の火消たちの想いを受け継ぎ、日々そのように組を運営しているのだ。

「い組も乗ります。先日はうちの若いのが小宮様にご迷惑を掛けたみたいだ。そのほうがよいでしょう」

続いて漣次が皮肉っぽく言うと、小宮は露骨《ろこつ》に嫌な顔をする。

「うちも同じく。ややこしいのがいるので、縄で縛っておくとします」

ここで、に組の宗助が賛同する。宗助が言っているのは慶司のことだろう。確かにあれは、昔の辰一同様、簡単には御《ぎょ》し得まい。

「町火消はいいよな？」

最大人数を誇る「よ組」の秋仁が言うこともあり、町火消たちは皆が賛同した。

「武家火消の方々は如何《いかが》か？」

「新庄藩も異論はねえ」

勘九郎が振るや否《いな》や、源吾が間髪《かんはつ》入れずに乗ると、仁正寺藩、米沢藩、熊本《くまもと》藩、薩摩《さつま》藩などが相次いで同調し、大名火消たちも皆が納得する運びとなった。あとは定火消だけである。ここで口を開いたのは意外な男であった。

「飯田町定火消は皆々様に倣いましょう」

「鵜殿《うどの》……様」

この鵜殿平左衛門《へいざえもん》は、源吾の古巣である飯田町定火消の今の頭を務めている。かつて、鵜殿は深雪に懸想《けそう》しており、嫉妬《しっと》から己に嫌がらせを繰り返していた。ある火事の時、お役目でしくじらせようと、源吾の出動を邪魔した。

その時の鵜殿は定火消が陣太鼓を打たねば、町火消が半鐘を鳴らせない掟《おきて》を知らなかったのである。そのせいで深雪の父である月元右膳は炎に巻かれて亡くなり、逃げ遅れた者を救おうとした武蔵は死にかける目に遭った。源吾が火消を一度辞めるきっかけとなった事件である。武蔵も驚きの表情でこちらを見つめている。

「先の事件で当家に長らく仕《つか》えた火消組副頭、神保頼母が腹を切りました」

復帰してからは明和の大火で助けてくれと縋る鵜殿を救い、火消の身内が攫《さら》われる事件の時も力を貸した。鵜殿が言っているのは後者のことで、源吾も顔を合わせたのはそれ以来のことであった。

「拙者《せっしゃ》は元来火消頭の家系でない故、神保には世話を掛けました……まだまだ未熟の身ですが、これからは次の世代に教えていかねばならないと思っております」

鵜殿は此方《こちら》をちらりと見てすぐに視線を戻して続けた。

「飯田町定火消の栄光を取り戻す……次の世代を」

源吾と武蔵が顔を見合わせて眉を上げる。鵜殿は松平《まつだいら》家の用人《ようにん》の甥《おい》に生まれたが、家督《かとく》を継ぐ資格はなく部屋住みの身だった。叔父の力を借りて絶えていた鵜殿家を継ぎ、己が去った後に火消頭の職を得た。頭となってからその過酷さ、大変さに気付いたものと思われる。

余程《よほど》才に恵まれていないと、歳を食ってから火消になってもなかなか大成しない。鵜殿も己が一代で過去の栄光を取り戻せないと解ったのだろう。故に次の世代に繋ぐ男になろうとしている。あの嫉妬深く、矮小《わいしょう》だった男さえ、時は平等に変化をもたらすらしい。

大名火消、町火消は感嘆して頷くものの、続く定火消がいない。鵜殿が勇気を出して先陣を切っても、互いの様子を窺っていた。

「俺からいいか」

源吾は小声で勘九郎を窺った。

「待て」

勘九郎は軽く顎《あご》をしゃくった。その先に軽く手を挙げている男がいる。麴町定火消頭、日名塚要人《かなめ》。

「よろしいか」

「どうぞ」

勘九郎が言うと、要人は皆を見渡しながら口を開いた。

「皆様ご存じのように、我ら麴町は、主家が新たに定火消を拝命したことにより、皆が新規に召し抱えられました。つまり全員が三年未満の火消と言えます」

定火消とは四、五千石級の旗本が任じられる。定員は百十人だが家禄《かろく》だけで賄《まかな》うことは難しく、別に御役料を頂戴して成り立っている。つまり任じられてから鳶を集めねばならないのだ。しかし素人《しろうと》を集めても一朝一夕《いっちょういっせき》で火消が務まる訳がない。これが定火消の悩みの種だった。

源吾の旧主家の松平隼人《はやと》家は数代に亘《わた》って定火消を任じられていたため、守る場所こそ変われども配下の火消をそのまま引き継ぐことが出来た。他に御城に最も近い要所である八重洲河岸などは、主家が役を免じられても、火消だけは八重洲河岸に留まって新たな家に仕える。御家が鉢植えのように植え替えられても、火消だけは根のように土地についてそのまま残るといった方式が採られている。

だが麴町はそうではなく、昨年新たに任じられた時に搔き集められた火消たち。火消となって三年以内の者は出せぬとなれば、確かに全員がそれに当て嵌《は》まってしまう。

——何が言いてえ。

源吾は内心で呟いて眉間《みけん》に皺を寄せた。麴町定火消は要人を含めて、全員が田沼の息の掛かった者、隠密《おんみつ》として機能していることを源吾は知っている。だが決して彼らは火消の素人ではなく、むしろ優秀であることを不思議に思っていた。

「当家の者は全てが元々火消でございます」

「そんな馬鹿な。誰一人知りませんぜ？」

話を制止したのは秋仁である。

「私が元々江戸火消なのはご存じでしょう」

皆が曖昧に頷く。日名塚要人は成り代わっている。だが元の要人は人付き合いを嫌い、しかも酷《ひど》い痘痕《あばた》があるのを気に病み、深編み笠を被っていたため誰もその相貌《そうぼう》を知らなかった。唯一の例外が同じ漢方医にかかっていたという、あ組の晴太郎のはず。晴太郎はどのような反応をしているのかと思って視線を走らすと、姿が見えない。代役の副頭が下座に座っている。

——あいつはどうした？

源吾が鶏《にわとり》のように首を突き出すと、副頭は腹を抱えて大袈裟《おおげさ》に顔を歪めた。どうやらまた腹を下したらしい。いくら何でも間が悪すぎる。下し薬でも盛られたのかもしれない。要人はこちらを一瞥して続けた。

「副頭の影山《かげやま》は浦賀《うらが》火消。水番頭の安永《やすなが》は箱館《はこだて》火消、壊し手頭の鬼頭《きとう》は佐渡《さど》火消、纏番の録次郎《ろくじろう》は日光《にっこう》火消……」

「何……」

思わず口から零れ出た。一座の全ての者が同じように吃驚《びっくり》して固まっている。

「私以外の百十人。全てが元遠国《おんごく》奉行配下の火消でございます。故に麴町定火消は全員火事場に出させて頂きたい」

要人は静かに言い切った。確かめようもないことだが、麴町定火消の動きは確かに素人のものではなかった。恐らく真実だろう。

「よしなに」

勘九郎としてもそうとしか返しようがない。鵜殿に続いて、要人が乗ったことで、他の定火消たちも渋々ではあるもののようやく同調した。後は今日ここにいない火消たちへの申し送りの段取りを決め、会合は終わりとなった。

二

それぞれ雑談をしながら帰路に就き、饗応《きようおう》役を担《にな》っていた仁正寺藩の鳶が見送っていく。その中、未だ動かずに腕を組んでいる勘九郎が呼ぶ。

「松永」

「おう」

意を察して手を挙げて応じると、一度新之助に近づいた。

「しっかり目に焼き付けたか?」

「はい。でも大変でしたよ。表情や動きなんて刻一刻《こくいっこく》と変わるんですし」

府下の有力火消が一堂に会する珍しい機会である。その中に火付けに関与している者は流石にいないとは思っているが、足並みが完全に揃っているとは言えない今、情報を共有しようとする者ばかりではない。何かおかしな動きがないか、注視するよう新之助に命じていたのだ。すぐに他の新庄藩の者たちも集まる。

「で、どうだ」

「一人目は唐笠童子」

「あれは意外だったな……」

「ええ、あの発言の少し前から、眉間に皺を寄せて俯《うつむ》いていました。麴町定火消の内情を晒すべきかどうか迷っていた……と、私は見ましたね」

「だが、口にした」

「はい。本当は少しでも知られたくないのでしょう。でも言わなければ、火事場に出られぬようになる。仕方なくといったところでしょう」

「つまりあいつはこの火付けについて何かを摑んでいて、どうしても火事場に行きたい」

新之助は指を立てて得意顔で言った。

「少し飛躍しすぎかもしれませんが、有り得るでしょうね」

「彦弥」

源吾は彦弥に向けて顎をしゃくった。

「あの野郎の後を尾《つ》けるんですね」

「頼む。相当に勘がいいから気をつけろ」

彦弥は不敵《ふてき》に微笑《ほほえ》むと一足先に講堂から出て行った。

「あともう一人。尾張藩火消の様子がおかしいです」

新之助は周囲の様子を窺いながら声を落とした。少し離れたところで尾張藩火消頭が、他家の者に呼び止められて話し込んでいるのだ。

この尾張藩火消頭を中尾将監と謂う。父は尾張藩御付属列衆《おつきぞくれつしゅう》、他家で言う家老職に就いている中尾采女《うねめ》。次男で部屋住みの身だったが、あの尾張藩火消壊滅事件の後、火消頭の職に空きが出来たことでその役職を拝命した。当時は三十歳を少し超えたばかりであった。

だが、それからすでに二十一年。当人も五十を過ぎているが、火消の才に乏《とぼ》しい男であることは周知のこと。江戸を席捲《せっけん》した尾張藩火消も凡庸《ぼんよう》な集団になり果てている。

「そりゃあ、自藩の者の屋敷が燃え、そのせいで皆が集まったんだ。少しは恐縮もするだろう」

「どうでしょう……説明の中で、大音様がこの火付けは止められぬと仰ったでしょう？」

「ああ、確かにそうだ。後手《ごて》に回らざるを得ない」

まだどうやって火が付けられたのかも判っていないが、判ったところで恐らく止められないということは事実なのだ。先に火を付け、それが火薬や油に引火して爆発を起こすというのなら、移る前に叩くことでまだどうにかなる。

だが今回に関しては、それまでに火は一切出ておらず、爆発が先行して炎を撒《ま》き散らしている。こちらは場所が何処《どこ》なのか、何時《いつ》なのか、爆ぜるまで全く予想のしようがない。

「その時、中尾殿は絶句したように茫然となり、さらにその後、口を手で押さえてわなわなと震えていました」

源吾は零れ髪を耳に掛ける星十郎を見た。

「それで怯《おび》えるということは、次も狙われるのが己たちだと思っている……と、考えるのが妥当《だとう》でしょう」

「どうやって探りを入れる」

「帰りがけに私が声を掛けましょう」

星十郎が小さく頷く。西洋では心を読むという学問があり、星十郎はそれを熱心に修めている。何かを引き出すにはうってつけだ。

「よし、頼む。新之助は受け持ちの火消にすぐに伝達だ」

本当ならば三百諸侯の八丁火消、町火消のいろは四十七組、本所深川《ほんじょふかがわ》十組、全て会合に参加出来ればよいのだが、それだと一向に纏まらない。参加していない組には田沼の名の下、委任を取り付けており、決まったことを即座に伝えなければならない。

「うちの受け持ちは四家ですね。すぐに伝えます」

新之助は凜々しく微笑んだ。

「寅はうちの者に頼む」

新庄藩にも「三年未満の火消」はいる。今年の鳶市で加わった連中だ。その全てを今は壊し手の組に配していた。

「幸い聞き分けのよい連中です。お任せ下さい」

寅次郎は大きな頭を縦に振った。

「となると、あっしは少し面倒なことでも？」

武蔵は一層声を落とした。最後に残した訳を早くも察している。源吾は顔を近づけて囁いた。

「八重洲河岸の様子を探ってくれ」

定火消八家の頭で唯一、進藤内記だけが協力を拒否して姿も見せなかった。あの男ならば、今回の議題についても凡《およ》その見当が付いたはず。八重洲河岸定火消は昨年に大量脱退を出し、半数以上が新米の鳶である。三年未満の鳶を繰り出さぬとなれば、八重洲河岸定火消は機能しなくなる。どんな時も手柄を窺う虎狼《ころう》のような男である。その機会を逸《いっ》する取り決めは受け入れられないのだろう。

全ての火消が取り決めに合意した中、堂々と撥《は》ね付けたのは大胆不敵といえる。あくまで火消間での約束事であるため、何か罰則がある訳ではない。しかし角《かど》が立てば、今後の協力を得られぬことも考えられるため、思うところがある火消も承服した。つまり内記はこの行動で、

——誰の協力もいらぬ。八重洲河岸定火消は独りで歩む。

と、宣言したに等しい。

「分かりました。何か動きがあるかもしれねえってことですね」

「そうだ。気をつけろ」

皆が指示を受けて動きだした時には、講堂にはもう僅かな火消しか残っていない。尾張藩火消頭の中尾もいつの間にか姿が見えなくなっていた。勘九郎も己と同じように兵馬たちに何か指示を与えているが、その場から動いてはいなかった。こうして一堂に会したのに、一部の者だけでこそこそ話すのは快いものではない。

——近くを一回り歩いて戻ろうか。

という意味を込めて、勘九郎に目配せしつつ、指をくるりと回してみせた。勘九郎も意を汲《く》み取って頷いた時である。漣次が勘九郎にすたすたと近づいて行った。

「勘九郎、ちょっと一番組の話で相談に乗って欲しい。管轄のことで揉《も》めてんだ」

漣次が親指で指した先には、秋仁、宗助が立っている。い組、よ組、に組は最も人が過密な日本橋界隈《かいわい》を守り、町火消一番組と称されている。

「よかろう」

周囲に気を配っている中、漣次の堂々とした振る舞いに馬鹿らしくなってきたのか、勘九郎は苦笑して頷いた。

「与市、もう少し場所を借りていいか？」

「どうぞ。存分に」

漣次の問いに、与市も微笑みを湛《たた》えながら答える。

「源吾、助けてくれよ。秋仁と宗助が、俺をやいやい責め立てるんで困ってんだ」

「分かった」

漣次が手招きするので、源吾は項を掻きながら頰を緩《ゆる》めた。車座になって話しているうちに、一人、また一人と講堂を後にし、漣次が集めた者たちだけが残されることになった。

「こっちが気を遣っているのに……」

「これくらい大胆なほうが誰も疑わねえよ」

源吾が零したのに対し、漣次はけろりとして答えた。

「与市、お前も入れ」

「私もですか?」

盗み聞きにならぬよう、講堂の隅にいたのだろう。与市は己の鼻先に指を当てて訊き返した。

「俺は相応《ふさわ》しいと思うがな。だいたいここは仁正寺藩の敷地さ。いいだろう？」

漣次は皆に尋ねる。十八年前の会合もこの地で、その時は与市の祖父、古仙も主要な火消として加わっていたことを指しているのだろう。

「活きがいいお前のことだ。また訳の分からねえことをされても困るしな」

源吾はからりと笑った。十歳ほど年下の与市の世代にも、銀治や燐丞などの実力のある火消はいる。だが、この世代を率いるのは与市だと皆が感覚的に分かっている。

年齢はさらに二つほど下だが、宗助もその世代。辰一がこの手の相談を嫌う以上、ここは宗助に入って貰うしかない。そしてこの先に何が危惧されるのか、残った者は暗黙のうちに解っている。与市が座に加わったところで、源吾は口を開いた。

「まずいのはどこだ？」

「薩摩藩、米沢藩……鳥取《とっとり》藩あたりも活きのよい者が多い。あとは仁正寺藩か」

勘九郎が即座に答える。藩の名が出たものの、何の話か解らぬようで与市は首を捻る。

「町火消なら、二番組に属する千組。三番組のゆ組。九番のれ組あたりは若《わけ》えもんが牛耳《ぎゅうじ》っているから厄介《やっかい》だ」

秋仁は思い出すようにして指を繰《く》る。

「今、名の出たところは特に自重《じちょう》するように、お前から伝えてくれ」

源吾が言うと、勘九郎は再度、頭に向けて念押しの文を書くことを約束した。

このような時には、加賀鳶の名が大いに役立つ。

「それでもどうにもならねえのは……」

源吾が目を細めると、漣次が申し訳なさそうに手を挙げた。

「うちは鳶市で一番人気の慎太郎だな。あれは同期にも人気があって、すでに頼りにされている」

漣次は溜息を吐いて続けた。

「自分が助けて貰ったからだろう。人一倍、命を守りたいという想いが強くなったようだ……今回もたまたま居合わせたから、事件には関心が深いだろうな」

続いて宗助が額《ひたい》を拳《こぶし》でこつこつと叩きながら話し始めた。

「皆さんご存じの通り、に組は頭が出るなと言えば滅多《めった》なことじゃ動かねえ。ただ一人例外がいて、これがまた面倒なんだ」

「あの馬鹿に分別を求めるほうが馬鹿だ」

秋仁は苦笑しながら自らのこめかみに指を添える。名を聞かずともすぐに解る。元は番付狩りと称して、番付火消を無差別に襲っていた慶司である。紆余《うよ》曲折《きょくせつ》あって、今ではに組に加わっている。秋仁も酔っていたところを、慶司に襲われて橋の下に落ちるという災難に見舞われていた。

「金五郎の倅《せがれ》か」

勘九郎も唸《うな》るように言った。加賀鳶六番組頭、灰蜘蛛の義平もまた慶司にやられていた。その当時の勘九郎はかなり怒っていたが、宗助が被害にあった全ての者に詫びに連れて行き、見舞金も渡したことで今では水に流している。

「この二人は特に抑えてくれ。素質は十二分。だからこそ現場が掻き回されちまう」

源吾がそう締めくくると、漣次と宗助が頷いた。ようやく与市も何の話か理解したようで、苦く頬を緩めながら口を開いた。

「話は呑み込めました。しかし、そんなに私が信用ならないですか？」

「幾ら切羽《せっぱ》詰まっていたとはいえ、大物喰《おおものぐ》いを真似するなんて正気じゃねえだろうが」

源吾が言うと、与市はばつが悪そうにこめかみを指で掻く。昨年、藩主より仁正寺藩火消の名を轟《とどろ》かせろと言われ、与市は他の消口を奪ってでも手柄を挙げようとした。これはかつて伊神甚兵衛がした「大物喰い」を模《も》したものである。

「大物喰い……伊神甚兵衛ですか」

宗助が唐突《とうとつ》に真剣な面持《おもも》ちになって独り言を漏らす。

「どうした？」

「いや……ふと思い出したことがありまして」

顎に手を添えて首を捻りながら宗助は続けた。

「明和の大火の前年ですかね。当時の私はまだ駆け出しで、御頭が江戸払いになってましてね」

辰一は喧嘩《けんか》で武士を散々にのしたことで、江戸払いに処されていた。その明和の大火の後、改元の恩赦《おんしゃ》によって江戸に戻ったため、当時は宗助の父で副頭の宗兵衛が、に組を取り纏めていた。

「尾張藩の屋敷で小火があったことを覚えていますか？」

宗助は皆を見渡す。源吾が火消に復帰して新庄藩の強化に躍起《やっき》になっていた頃。確かにそのようなことがあったかもしれないが、記憶に残っていないということは大した火事でなかったのだろう。

「そんなこともあったたな。火鉢かなんかひっくり返しちまったやつだろ？」

漣次は覚えているようである。尾張藩士の子が遊んでいて、炭の残っていた火鉢を転がした。怒られぬように一人で始末しようとしたが、飛んだ炭が近くの襖《ふすま》を燃やして小火になったらしい。

遠くで太鼓、半鐘が鳴って、次第に尾張藩士の家から火が出ていることが伝わった。管轄から遠く離れているため、に組が出ることはそうそうない。それなのに、

「親父はすぐに出るから支度をするように命じました。しかも珍しく先代が火消屋敷に来られたのです」

「卯之助が……？」

三十路になってから火消を志した変わり種だが、遠くまで見渡す目を持ち、「千眼」の異名を取った男で、辰一の父である。ただ、この二人は血は繋がって

いない。幼少の頃に一家が千羽《せんば》一家に惨殺された辰一を引き取り、男手一つで育てた。それには深い訳があったことを源吾は知っていた。

卯之助は元盗賊の頭、千羽一家を創った張本人だったのだ。元々千羽一家は義賊《ぎぞく》としてその名を轟かせていた。人を傷つけることを外道《げどう》とし、裕福《ゆうふく》な商家や、大名のみから金を奪い、その半ばを貧しい民に分け与えていたのである。だが配下の一人がこのような手ぬるいやり方では一向《いっこう》に稼《かせ》げぬと謀反を起こした。卯之助は背後から襲われて昏倒《こんとう》し、謀反を起こした者が辰一の生家を残虐な方法で襲ったのだ。

卯之助の正体はすでにお上も知っている。火事場で負った傷のせいで今は両眼の光がほとんど失われていること、未だ跋扈《ばっこ》する千羽一家を捕まえるのに協力する条件を吞んだことで、辰一が用意した隠居家で静かに暮らしている。明和の大火の前年、卯之助はすでに隠居していたはずである。

「先達《せんだつ》に全員揃ったから伝えて来いと言われ、親父の部屋に向かいました。すると先代と親父が話す声が聞こえてきたのです……」

源吾は身を乗り出した。少し戸惑いを見せつつ宗助は言葉を継いだ。

「伊神甚兵衛の仕業《しわざ》かもしれぬ……と」

「何だと……」

皆が一様《いちよう》に息を呑んだ。有り得ないことである。明和八年の話ならば、伊神甚兵衛が死んですでに十余年が経過していることになる。

「幾ら駆け出しとはいえ、あっしも火消の端くれ。伊神様のことは当然知っています」

故に宗助は聞き間違えだと思った。だが、廊下から伺いを立てて襖を開いた時、宗兵衛の顔に少々焦りの色が見えたという。実の息子だからこそ感じ取った微かな違和感ということだろう。

「聞いたのかと問い詰めるか迷っていた……？」

秋仁はくいと口角《こうかく》を上げて尋ねる。

「そうかもしれません。今となっては確かめる術はありませんが」

宗兵衛はその一年後、明和の大火の折、江戸不在の辰一に代わってに組の指揮を執《と》り、「不退」の異名に恥じず迫る炎から一歩も退かずに奮戦して散った。

「どういうことだ……」

漣次も困惑した様子で皆の顔を順に見る。本当に宗助の聞き間違いだったのか。様子がおかしかったのも見間違いだというのか。ただなおざりにするには、伊神甚兵衛という名は余りに大き過ぎる。

「確かめよう」

源吾が言うと、宗助は眉を顰める。

「だが親父はもう……」

「いや、もう一人のほうさ」

「先代に……しかし御頭に露見《ろけん》すればただじゃあ済みませんぜ」

血が繋がっていないことも、己の身内を鏖《みなごろし》にした千羽一家を創った男であることも知りながら、辰一は卯之助を実の父のように大切にしている。千羽一家捕縛に協力する以外は、平穏な暮らしを送らせてやりたいと思っており、余計な厄介事を聞かせないようにしているらしい。

「辰一はいつ卯之助を訪ねる」

「いつも夕刻には覗いているようですが、御頭は教練に顔を出さない時もあるので、確実とは言えません。町をふらついていることもしばしば……」

「見つかると半殺しにされちまうな」

漣次は舌を伸ばして自らの首を絞める真似をした。

「仕方ねえ。久しぶりにやるか」

秋仁が掌に拳をぴしゃりと打ち付けた。

「何をですか？」

他の者はそれだけで意味を察しているが、与市は唇を突き出して首を捻った。

「あの馬鹿と喧嘩だよ」

「げ……」

与市の顔が一気に強張る。それこそ大物喰いの時である。天武無闘流《てんむむとうりゅう》を修めた武術の達人でありながら、辰一には全く歯が立たずに叩きのめされているのだ。

「その隙《すき》に頼みます」

秋仁はこちらを見て片笑んだ。それまで固まっていた与市だったが、諸手《もろて》を突き出して止めようとする。

「しかし、火消同士の喧嘩はご法度《はっと》ですよ？」

「あんたが言うかねえ」

秋仁は呆れたように言って続けた。

「こちとら喧嘩の玄人《くろうと》さ。ちょうどいい抜け穴がある。火消法度三十四条だ。これで慶司を狙う」

「なるほど……それは一石二鳥だな」

　いち早く勘九郎が感心の声を上げる。三十四条は火消同士の喧嘩は発端《ほったん》の者のみを咎《とが》め、加勢する者の罪は問わぬというもの。一対一の喧嘩から大乱闘に発展することもままある。これが二組によるものならばまだましなのだが、足を踏んだだの、押しただので、五組、十組が入り乱れることもあるのだ。こんな時に全てを処分してしまえば、その界隈の消防機能が消失してしまうことになる。そこで喧嘩の発端《ほったん》、当事者のみが罰を受けることが決まっている。といっても火消に喧嘩はつきもの。死人さえ出なければ最大でも一月ほどの謹慎と相場が決まっている。元はごろつき集団の頭とあって、大雑把《おおざっぱ》に見えて昔から秋仁は悪知恵が回るのだ。

「うちの若い者を、慶司にけしかける。俺が助太刀に入って慶司を叩きのめす。そこから辰一を挑発すれば一丁《いっちょ》あがりさ」

　よ組にも、どちらにせよ出せない若い鳶がいる。言い含めて喧嘩を売れば、慶司は当事者となって謹慎を命じられるという寸法。あとは騒ぎを嗅《か》ぎつけて現れた辰一を引き付ければ、その間に堂々と卯之助に接触出来る。まさしく一石二鳥と言える策である。

「慶司を抑えるのは苦労するんで助かります。やっちまって下さい」

宗助はけろりと言い放つ。に組は町火消一の無頼《ぶらい》の集まり。謹慎などは日常茶《さ》飯事《はんじ》といったところだろう。

「でもお前、慶司に負けてただろ」

漣次はしれっと零して目を細める。

「酷《ひで》えな。あの時は酒が回っていたんですよ」

秋仁が眼を爛々《らんらん》と輝かせる。こうなったら止めようが梃子《てこ》でも動きそうにない。仮に慶司を倒すに至らずとも、辰一を誘い出すまではいけるだろう。

「まあ……怪我すんなよ」

秋仁の肩に手を置くと、漣次は滑稽《こっけい》な顔を作って二度三度頷いた。話が行き着いたところで勘九郎がまとめに入る。

「に組、い組は己の組の跳ね返りに注視しつつ、他の町火消の動きにも気を配ってくれ」

宗助が力強く頷き、漣次はへいへいと軽い調子で応じる。

「これまで数々の火付けを暴いて来たお主らだ。卯之助の元へ行く流れもある。探索は新庄に任せてよいか」

　勘九郎がこのように面と向かって頼るのは稀有《けう》なことである。この先、勘九郎は三百余の大名火消、いろは四十七組、本所深川十の町火消の動向を見守りつつ、時と場合に依っては助言や助力しなければならない。幾ら加賀鳶の数が多く優秀だとも、とてもではないが探索に当たる間は無い。さらに勘九郎は、

「加賀藩八組を、定火消八家の管轄に散開させる」

　というではないか。別に定火消を監視するという意味ではない。定火消の管轄は広さ、人の数を熟慮されて線が引かれている。均等に警戒する場合、大きな目安となるのである。会合自体は源吾が持ち掛けたことであるが、そこまでするとは勘九郎の本気が窺えた。こちらの視線に気づいて、勘九郎は小さく鼻を鳴らした。

「父でも同じことをするだろう」

「ああ、そうだな」

　源吾も敬愛していた大音謙八が死んだのは、大学火事から三年後のこと。加賀の国元で連続付け火事件が起こった。回を重ねるごとにその手口は凶悪となり、加賀藩主の命《めい》により謙八が呼び戻された。

　そして宝暦九年卯月《うづき》（四月）九日未の下刻（午後三時）、金沢泉寺町《かなざわいずみてらまち》にある瞬《しゅん》

昌寺《しょうじ》から火が出た。炎は強風に乗って荒れ狂いながら金沢の町を呑み込んでいく。焼失した建物は一万五百余を数え、実に町の九割を灰燼《かいじん》に帰したのである。謙八は共に連れて帰っていた補佐役、「疾刻」の二つ名を持つ譲羽十時と共に奮戦。多くの民を逃がしつつ、自身は最後の最後まで踏みとどまって戦った。後に加賀大火と呼ばれるこの火事で、加賀鳶は大頭と副頭の二人を喪《うしな》うことになった。勘九郎が家督を継ぎ、加賀鳶の大頭を襲名《しゅうめい》したのは喪《も》も明けぬ一月後のことである。

「父は偉大な御方だった……」

勘九郎は遠くを見つめながら言った。何かにつけて比べられることもあっただろう。ここまでの道程が決して平らかなものでなかったことは容易に想像出来る。だが、加賀大火から十五年。勘九郎は今、父謙八に肩を並べようとしている。

一座がしんみりとする中、勘九郎が軽い調子でふいに言い放った。

「腹を抱えて嗤《わら》ってやったわ」

「何の話だ?」

源吾は眉間に皺を寄せて首を捻った。

「忘れたか。もし火消を辞めることがあればという話よ」

「なるほど」

源吾は苦笑した。互いに火消として生き、火消として果てる。もし途中で逃げ出すようなことがあれば、腹を抱えて嗤ってやる。十八年前、確かにそのように勘九郎に言われたのを思い出した。だが、源吾は一度火消を辞すことを決めた。その時のことを言っているのだ。

その期間もこの男は、ずっと江戸の町を守り続けていた。約束を違《たが》えたことへの怒りが収まらなかったのだろう。源吾が復帰した時勘九郎の険《けん》が増していた訳が、今になってようやく解った気がした。

「休んでいた分、お主にはまだまだ働いて貰うぞ」

勘九郎は愛想《あいそ》なく言って再び鼻を鳴らす。

「すまねえな。取り返す」

源吾は両膝に手を突いて背を伸ばすと、勘九郎を見据えて凜然《りんぜん》と答えた。こうして戻ったとはいえ、あの頃は己が火消を辞めるなど想像すらしなかった。今のこの話し合いもそうだ。偉そうに若い鳶の暴走を危惧しているが、十八年前の己たちは心配される側だったのである。

己や勘九郎だけではない。漣次は師である金五郎を、秋仁は幼い頃からの竹馬《ちくば》の友である安治を喪った。それでもそれぞれが苦しみを乗り越え、こうしてまた昔のように、皆が揃って力を合わせることが出来、素直に嬉しかった。

いや、本当は一人足りない。慎太郎を助けたと聞いたからか、近頃はあの菩薩《ぼさつ》面《づら》をよく思い出す。

——お前は何がしてえ。

届かぬことを解っていながら、源吾は天井を見上げつつ心中で呼びかけた。

三

慎太郎は鼻息荒く往来《おうらい》を進む。傍《はた》から見ても明らかに機嫌が悪いと解るのだろう。行き交う人々は災難を避けるようにそそくさと道を開ける。

「慎太郎、待ってよ」

後ろから藍助に呼びかけられても、慎太郎は脚を緩めない。

「お前が遅いんだろ」

「そんなに急いでどこに行くのさ」

「当てなんてねえよ」

慎太郎は僅かに歩を遅くして吐き捨てた。小走りで追いついた藍助が横に並ぶ。

「じゃあ、この際だから町をゆっくり見て回ろう」

「ああ……でも、火事が起きても出られねえんだぜ？」

五日前のことである。江戸中の主だった火消頭が一堂に会すことを聞いた。その時の慎太郎は今とは正反対の心境であった。有名な火消がずらりと居並ぶところを想像するだけで心が躍り、

――いつか俺もそんな風に。

と、自らに誓いを立てたぐらいである。

だが会合が終わった後、戻って来た御頭は三年未満の若い火消を集め、

「これから暫く、お前たちは火事場に出ちゃならねえと決まった」

と言ったものだから、慎太郎は愕然とした。何故かと訊けば、これから冬になるにつれて大きな火事が起こりやすい。新米のしくじりが大事に繋がる可能性があるという。到底《とうてい》納得は出来ない。日頃から御頭には、

――助けを求める者にとって、一年目であろうが、十年目であろうが知ったこ

っちゃねえ。ただ火消とだけ見るんだ。その覚悟を持って教練に励め。と、今の状況と矛盾《むじゅん》していることを、耳に胼胝《たこ》が出来るほど聞かされてきたのだ。

「お前は悔しくないのかよ」

慎太郎は横を見て語調強く訊いた。

「そりゃあ、悔しいさ。でもまだ半人前なんだから仕方ないよ」

「この前の市ヶ谷の連中を見ただろ？　あれよりは俺はましだと思うけどな」

番付に載るような火消には確かに憧れている。しかし薹《とう》が立っただけの、大した腕前でもない火消が存在するのも確か。中には銭緡《ぜにさし》を高額で売りつける悪徳鳶までいる。そんな者たちには今の己でも引けは取らないと自負《じふ》しているし、絶対に負けてはならないと心に誓っている。

「なあ、藍助。御頭たちが会合で決めたことって、別に法度って訳じゃあねえよな」

「お上が決めて、火事場《かじば》見廻《みまわり》から通達があった訳じゃないから、あくまで火消同士の取り決めだと……」

「だよな」

「駄目だよ！」

藍助は縋るような目を向けて声を大きくした。

「解ってるよ」

確かに番付に名を連《つら》ねたい思いはある。しかし今、己が納得出来ないのは別に理由がある。前回の火事の時、主を助けてくれと、必死に哀願する家臣の顔が脳《のう》裏《り》から離れない。

慎太郎は三河《みかわ》の産である。母は旅籠《はたご》の飯盛女《めしもりおんな》だった。飯盛女とは泊まり客に給仕もするが春も売る。故に父が誰かも分からない。旅人の一人であることだけは確かだった。

六歳になった頃から、旅籠の雑用を手伝わされるようになった。繁盛している旅籠だったため仕事は過酷で、寅《とら》の刻（午前四時）には起きて、亥《い》の刻（午後十時）までほとんど休みなく働かされる毎日であった。泊まり客は銭を払っているのだから当然とばかりに扱い、優しい言葉を掛けられた記憶は皆無だった。それどころか幼さ故に粗相《そそう》をすることも多く、その度に旅籠の主人に打擲《ちょうちゃく》された。

母が梅毒《ばいどく》に冒《おか》されたのは慎太郎が八歳の頃。梅毒に罹《かか》った飯盛女など、旅籠にとってはお荷物でしかない。

——早く逝《い》ってくれないもんかねえ。

と、女将《おかみ》と主人が話すのを何度も聞いた。母を置いて貰うために、慎太郎は身を粉にして働いていたのである。

その母が死んだのは十歳の春の頃であった。隣の旅籠が火事になり、飛び火したのである。主人たちは金目のものを掻き集め、さらに次に家財を運び出そうとした。

「おっ母《かあ》を助けて！」

病が酷くなっており、母は自らの足で立つことも出来なくなっていた。慎太郎は主人や他の奉公人に懸命に訴えたが、誰も耳を貸してくれなかった。主人は、足に縋る己を蹴り飛ばすようにして出て行った。

「一緒に……逃げよう」

慎太郎は母を起こそうとした。しかし母は赤紫の斑点《はんてん》の浮かんだ頬を綻《ほころ》ばせ、ゆっくりと首を横に振った。

「慎太郎、あんただけで逃げるんだ」

「嫌だ！」

「あたしはどちらにしても長くないよ。あと三月……いや、一月ももたないかもしれない」

「一月でも……一日でも長くおっ母といたいんだ」

必死に引き起こそうとするが、幼い慎太郎は非力であった。躰が痛むのか母も顔を歪める。

「慎太郎、ごめんね」

「嫌だ、嫌だ……」

もう腕を上げるのも辛《つら》いはずだった。それでも母はぐっと歯を食い縛ると、繰り返す慎太郎の頰を打った。

「聞き分けなさい。今のあんたには無理なんだ。必ず大人《おとな》になるまで生き抜いて……今度は誰かを……ね」

母の言葉は後半になるにつれ、震えていった。

「おっ母……」

「慎太郎、行くんだよ」

泣きじゃくる慎太郎の額を優しく撫ぜ、母は凜と言った。慎太郎はこくりと頷いて駆け出した。そこからのことはよく覚えていない。ただ宿が燃え盛る光景だけは今もはっきりと覚えている。

主人が金を持ち出していたことで、旅籠は半年ほどで商いを再開した。慎太郎はその後も旅籠で働き続けた。行く当てが全くなかったから。

母が寝かされていた小部屋は再建の時に潰され、戸があった場所は冷たい壁に変わった。慎太郎は夜が来る度にその壁に手を当てて啜《すす》り泣いた。

ただ漫然と働き続けていた十二歳の頃、その日も些細なことで主人にぶたれているのを泊まり客の一人に見られた。その男は慎太郎を招き寄せて、

——一緒に来ないか？

と、誘ってきたのである。男は各地のやくざ者の親分の下で草鞋《わらじ》を脱ぎ、博打《ばくち》をしたり、時には親分から余所者《よそもの》にしか頼めぬ仕事を引き受けたりして暮らしていた。いわゆる渡世人《とせいにん》というやつだ。

慎太郎は一も二もなく頷き、その日の夜のうちに男と旅立った。

慎太郎は男に付いて博打を覚え、親分から頼まれた仕事もした。場所代を払わぬ店に因縁を付けて荒らしたりするのだ。余所者に手を出されても、場所代を払っていなければ親分は助けてくれない。痛い目に遭わせたところで、親分が優しく払うように促す。

対立するやくざ者を始末するなど、中にはもっと危険な仕事もあった。だが、

そんな時、その渡世人は、

――お前はそこまで汚れちゃいけねぇよ。

と、慎太郎を連れて行くことはなかった。聞けば故郷に女と、同じ年ごろの子を捨ててきたらしい。己を引き取ったのもそのうしろめたさがあったのかもしれえない。今はこんなことでしか飯が食えないが、いつかよい話があれば堅気《かたぎ》にさせよう、と言ってくれた。江戸の鳶には様々な過去を持つ者も多いため、これなどはいいのではないかと教えてくれたのもその人であった。

その渡世人が死んだのは、慎太郎が江戸に出て来る四月前のこと。小田原《おだわら》宿での出来事であった。その時も土地《ところ》の親分の依頼を受けて、縄張り争いをしていた男を道中差《どうちゅうざし》で殺した。その子分たちの報復で、渡世人は泊まっていた木賃宿で襲われて絶命したのだ。その時、慎太郎はたまたま酒を買いに走らされており難を逃れた。

こうして慎太郎はまた独りになった。渡世人が、

――江戸に出て鳶になるなんていいかもな。

と言っていたのをふと思い出し、慎太郎は江戸を目指した。

江戸に着いたのは如月。すぐにでも鳶として雇ってくれるところはないかと探

したが、何でも今年からは「鳶市」と謂うものが催《もよお》されるらしく、どこの組もそれまでは新しい者を入れないのだと知った。

渡世人と江戸にいた頃の伝手《つて》を頼もうかとも思ったが、鳶の採用に影響してもいけないと思っていたところ、ひょんな縁である場所で厄介になっていたのだ。殺しにこそ手を染めていないものの、荒事を多くしてきたため、躰には自信があった。事実、鳶市では全ての技において一番だった。

「俺は助けを求める人を救いてえだけさ」

慎太郎は思い出の中から我に返って言った。

真の窮地《きゅうち》に立たされた人は、まるで幼子のように無垢《むく》な顔で助けを求めることを知った。それが幼い頃、ずっとこの暮らしから誰か救い出して欲しいと願っていた己と被るのだ。

「うん……」

藍助は力なく返事した。火消を志した限り、その想いは同じだろう。

「また火事に出くわした時、もし俺たちだけだったらどうする。見捨てろっていうのか」

「それは出来ない」

「そうだろうよ」

「きっと例の火事のせいだよね」

若手が未熟なため、火事の多い冬は訓練に専念するというのは言い訳だろう。前回の市ヶ谷の火事に続く事件に、若手を関わらせたくないのだろうと察しがついている。

「そうだろうね。あの炎は普通じゃない。何か仕掛けがあるはずなんだ」

「仕掛け？」

慎太郎は引っ掛かって眉を顰《ひそ》めた。

「うん……松永様に訊かれたから話したんだ。炎が『逆様《さかさま》』に見えるって」

「ずっとお前はそう言っていたな。意味が解らねえ」

「御頭も要領を得ないようだった。松永様は逆様なのは熱さじゃないかって」

「熱さ？」

慎太郎は首を捻る。炎において上下で違うものがあるとすれば熱さ。それが逆様になっているのではないか、と松永様は語ったらしい。

「つまり何かの仕掛けが炎をおかしくしているんだと思う。その何かがきっと爆発も引き起こした」

「何かって何だよ」

あまりに漠然とした話に、慎太郎は憮然として訊いた。

「それは……ごめん。解らない」

「それが解れば止められるんだがな」

「手掛かりが少な過ぎるよね」

爆発した主人の部屋には火薬はおろか、油さえ置かれていなかった。爆ぜた原因は見当も付かない。それにその時には主人しか部屋にいなかったのだ。仮に爆ぜて炎を生む「何か」があったとしても、それに火を付けたのは主人ということになる。となると、まさかなかろうとは思うが、自死の線さえ考えられてしまう。

「情けねぇが俺には見当が付かねぇ。お前が解らねぇんじゃ誰も——」

慎太郎は言いかけて言葉を止めた。話していて思い出したことがあったのである。

「どうしたの？」

「あれはそういう意味だったのかも……もしかしたら見抜いている人がいるかもしれねぇ」

慎太郎は拳を握りしめると、怪訝そうな藍助に向けて続けた。

「進藤様は何かに気付いている」

あの時、内記は低く屈み、畳に視線を這わせるようにして何かを見ていた。熟練の火消ならば気づくことがあったのかもしれない。

「じゃあ……」

茫然とする藍助に向け、慎太郎は不敵な笑みを浮かべながら言った。

「進藤様を訪ねるぞ」

四

進藤内記は居室で書類に目を通しつつ筆を走らせていた。墨の香りが部屋に充ちており、朝から一度も風を入れていないことを思い出し、筆を置いて立ち上がった。

障子《しょうじ》を開け放つと鮮やかな色が目に飛び込んで来た。昨日の雨で半分以上が落ちたのであろう。敷物を布《し》いたように銀杏《いちょう》の葉で庭が黄色く染まっている。

よく見れば、中には染まりきる前に落ちたような青みの残った葉、あるいは水を含んだところへ庭を歩いた者に踏まれたのか黒ずんでいる葉もあった。

銀杏は炎に炙《あぶ》られると幹や枝から水を吐き出すため防火に一役《ひとやく》買う。そのため火消の象徴の木のように語られている。

――まさしく火消のようだな。

大成して華々しく色づく者、若さを残して散る者、名を黒く貶《おとし》める者。火消の一生も様々である。

「御頭」

部屋の外で呼ぶ声がした。

「入れ」

庭を見つめたまま内記は返答する。障子の開く音がし、人が入ってくる気配がした。

「書類をお持ちしました。目を通して下さい」

「栄三郎《えいざぶろう》、今年でうちに来て何年になる」

栄三郎は八重洲河岸定火消の纏頭を務める男である。唐突に問うたからか、少し間を空けて答えが返って来た。

「十五の時からお仕えしておりますので……十八年となります」

「もうそれほどになるか。来て間もなくは、ものになるかと案じていたが……」

「お恥ずかしい限りです」

栄三郎が苦笑しているのが判った。十八年前というと己が定火消の頭になった翌年のこと。つまりは大学火事が起こった年になる。

「御頭、一つ具申《ぐしん》したいことが」

栄三郎は声を落としつつ言った。

「申せ」

「孤児《みなしご》のことです。あのようなことがあったのです。今年はもう引き取らぬほうがよいかと……」

内記は庭を眺めたまま振り返らない。

「気にするな」

「しかし……」

「止《や》めたとて、誰かが引き取る訳でもないのだ」

江戸には大量の孤児が溢れており、問題になっている。宝暦年間から各地で飢饉が頻発《ひんぱつ》し、食うに困った者たちが一縷《いちる》の望みをかけて江戸に出て来る。しかしそこでもまともな職にあり付けず、連れて来た子どもを捨てる輩《やから》が多い。よ組の秋仁などもその一人で、浮浪の子どもと肩を寄せ合って大きくなったと聞いている。

他にも出て来た女が夜鷹《よたか》や牙儈女《すあいおんな》となり、子を孕《はら》むという場合もある。子がいては仕事にならぬと、寺や社の前に捨てることもままあった。

そのまま養育する寺や社、養子に引き取る奇特《きとく》な者もいるにはいる。だが圧倒的に捨てられる数のほうが多く、毎年多くの命が消えている。その数は火事で死ぬ者よりも遥《はる》かに多いのである。己たちが十人引き取らねば十人死ぬ。よしんば生き残っても浮浪児がまた増えるだけなのだ。

「お咎めがなかったとはいえ、人の口に戸は立てられませぬ。八重洲河岸定火消は子を売買していると悪《あ》しざまに噂《うわさ》する火消もおります……」

栄三郎の声には心苦しさが滲んでいる。

「事実だから仕方あるまい」

そもそも己は善の心から孤児を引き取っていた訳ではない。定火消は最古の火消ながら、この数十年で人気は凄まじい勢いで下落している。反対に町火消の人気は鰻《うなぎ》上りだった。

そのため町火消ばかりに人が集まり、定火消は幕府から多額の資金が出ているのに、百十人の定員を集められないという事態にまで陥った。二十年ほど前だが、小川町《おがわまち》定火消はまともな鳶が三十余人しかおらず、他は名義だけ借りて帳尻合わせをするということもあったのだ。

先代の頭である兄は実力、人気ともに図抜《ずぬ》けていたため問題なかったが、己が頭に就いた時には優秀な人材集めに大層苦労した。そこで内記は、

――子どもの頃から火消を養育すればいい。

と、思いついたのであった。

孤児は掃《は》いて捨てるほどいるのだ。集めることは容易い。そして、その行為は己すら予想していなかった効果をもたらした。世間がこれを善行と見て、己と八重洲河岸定火消を持ち上げはじめたのである。

内記は頭に就任した当初から、いやそれ以前から、

――江戸の火消の頂点に立つ。

と、心に誓っている。それは志半ばで殉職した兄の夢でもあり、すでに他界した父の願いでもあったのだ。孤児を引き取ることで安定的に鳶を補《おぎな》い、さらに名声まで勝手に高まる。内記の目指す夢にとっては一石二鳥の結果となった。

だが、これには二つの難点があることに気付いたのは、孤児を引き取り始めて

から十年が経った頃である。

一つ目は悩んでいた定員のこと。己の火消の腕が上がると共に殉職する者は減った。反対に毎年のように若い鳶が育つ。定火消の定員は百十人で、それ以上の俸給《ほうきゅう》は幕府からは出ないのだ。そのため、まずは年嵩《としかさ》の者から順に引退させてやろうと考えた。

だが、指揮を執る頭や組頭はともかく、現場の鳶は四十を超えればもう「年寄り」扱いで、そのあとの十年、二十年のことを考えてやれば先立つものがいる。そのような金はなかった。

二つ目はさらに深刻であった。孤児たちは平等に教練するものの、十二、三歳を迎えた頃、

――これは火消としてものにならない。

はきと解ってしまう子がいるのだ。

これも己が火消の経験を積めば積むほど明確に見えるようになった。武術、学問、あるいは書や絵のように、火消にも最低限の才が必要で、努力だけではどうにもならぬ壁というものがあるらしい。

他のものならば目を瞑《つむ》ることも出来よう。だが、火消はそうはいかない。向か

ぬ者が火事場に出るということ、それは即ち死を意味するのである。

これには内記は正直困り果てた。剣術を習わせたり、あるいは学問をさせたりと、他の才を模索した。しかしそう上手く見つかるものでもなく、歳ばかりを無常に重ねていく。

転機がやってきたのは、今から九年前のこと。

「八重洲河岸定火消の子を、養子に頂けないでしょうか」

さる豪商からそのような申し出があったのだ。己が育てる子は火消の訓練に加え、剣術も学ばせていることで躰は壮健《そうけん》。読み書き算術などの基本的なことも出来、礼儀作法もしっかりしている。下手《へた》なところから養子を迎えるよりも、余程安心出来るという訳である。

内記は年頃の子らのうちで、火消の最も才が乏しいと思われる者にこの話を打ち明けた。心優しい子であった。己のことを父と慕《した》ってくれており、

「私は父上のお役に立てぬということですか⁉」

と涙ぐんで問われ、内記も心が痛んだ。

火消と炎の対峙は、泰平の世に起こる唯一の戦といっても過言ではない。大切な者を戦に赴《おもむ》かせたい者など誰もいないのだ。むしろ火消として使うほうが酷と

も言える。内記は心を鬼にしてその子に、お前は火消に向いていないのだと告げた。火消になるだけが幸せではない、もっと他のところで力を活かすべきだとも。

その子も薄々は感じていたのだろう。暫く項垂《うなだ》れていたが、最後には二、三度自らに言い聞かせるように頷き、

「分かりました。この御恩は決して忘れません」

そう言って、深々と頭を下げたのである。

安堵した内記であったが、この養子縁組には予想していなかった副産物があった。豪商が良い縁を結べたと多額の支度金を持って来たのである。そのような風習があること自体は知っていたが、内記はすっかり失念していた。

金を受け取った時、この方法が全ての問題を解決してくれることに気付いた。八重洲河岸定火消は安定的に鳶を雇い入れることが出来、なおかつ子どもたちを引き取ることで名声が高まる。

孤児たちは引き取り先が出来、十分な教育を受けられ、火消になる。なれずとも養子先でまっとうな人生を送らせてやれる。

若い鳶が入らずとも引退する火消はいる。その者たちに第二の人生を歩ませる

ための餞別《せんべつ》が出せないことは、何も八重洲河岸定火消だけでなく、火消全体の制度の問題であろう。これを養子先から受け取った金で賄うことが出来る。

最後に養子を望む者は、変な者を摑まされることなく、しっかり教養を身に付けた者を迎えることが出来る。さらに養子先の商家や武家と、八重洲河岸定火消は縁を結ぶことにもなる。

問題が解決されるだけでなく、皆が幸せに丸く収まる。一石二鳥が、一石四鳥にもなったようなものである。

「新庄藩の連中が余計なことをせねば……」

栄三郎は悔しそうに畳を叩いた。

一つ隠し事をすれば、また一つ難題が浮かび上がり嘘《うそ》を重ねなければならない。

八重洲河岸定火消が孤児を引き取って、立派に育て上げるという話が江戸中で知られるようになると、これ以上は孤児を受け入れられぬ寺や社から、こちらに頼めぬかという依頼が殺到した。

中には曲輪内に通ずる城門の脇や、橋の下に、

――八重洲河岸定火消さまへ。

と短い文が添えられて、赤子が捨てられていることもあった。孤児がどんどん集まり、その者たちを食わせるだけでも相当な費《つい》えとなっていく。どんどん深みに嵌まっていっていることには気付いていた。だが一度走りはじめたならもう戻れない。内記はこのような依頼も受けて費用を捻出《ねんしゅつ》し続けた。

いずれ一つの別宅だけでは足りぬようになり、増やさねばならないことになる。だが、一つの町に集中させては、人目に付いていらぬ疑いも呼んでしまう。そこで少し離れた町に構えようとしたものの、そこは八重洲河岸定火消の管轄外。今度はそこに住まう者たちの歓心《かんしん》を得なければならない。そこで腹心《ふくしん》の者に小火騒ぎを起こさせ、即座に八重洲河岸定火消が駆け付けて消し止める。こうして悪どいことにも手を染めるようにもなったが、内記はその度に、

――仕方ないのだ。

と、己に言い聞かせてきた。

初めに気付かれたのは今から四年前のこと。意外なところからであった。かつて大学火事の折、共に行動していた仲間を裏切るように唆《そそのか》した、吾妻伴衛門《あがつまばんえもん》という男が突然訪ねてきたのだ。

その者は何と、今は御三卿一橋家の用人《ようにん》の座に収まっているという。そして己

のこの「裏の生業」に気付き、ばらされたくなければ、毎年金の一部を献上しろという。断ることは出来ない反面、これで後ろ盾《だて》が出来たと安堵《あんど》したのも事実である。

悪いことというのは続く。読売書きの文五郎《ぶんごろう》にこの自作自演を嗅《か》ぎつけられたと思うと、養子縁組を陰で行っていた別宅の近くで火事があり、仁正寺藩、そして新庄藩に疑いを持たれた。

内記はすぐさま吾妻の下に走った。しかし吾妻はこともあろうか、

――はて、それと一橋卿に何の関係が？

そう惚《とぼ》けたのである。己を切り捨てるつもりだと悟った。

「よいでしょう。腹を斬る覚悟はすでにある。全てぶちまけてやろう」

内記はそう言ったが、うやむやにする自信があるのか吾妻に怯《ひる》む様子は一切無い。このままではまずいと考え、一橋が揉めていると噂される政敵の名を出した。

「田沼様の下にでも走ってみるか」

これは効果覿面《てきめん》だった。吾妻は激しく狼狽《ろうばい》して、事態を収拾すると約したのである。

ことと次第ではすぐに切り捨てられるということが判り、内記は一橋のみと繋がっているのはまずいと考えるようになった。時に牽制《けんせい》するためにも、いざという時に離れるためにも、田沼とも繋がったほうがよいと考えたのである。そしてその布石《ふせき》は着々と打っている。

「止め時を失っていたのだ。結果的には良かったと見るべきだろう」

実際、いつ露見するかと長らく怯えていた。配下のうち、半数が己に失望して離れたが、人を物のように売り買いしていたのも確かである。言い訳するつもりもない。ちょうど鳶の採用は鳶市のみで行うと掟《おきて》も変わった。これで町火消ばかりに鳶が集中することもなくなるだろう。

「しかし、私は御頭が全て間違っていたとはどうしても思えません。当家に拾われて死なずに済んだ者もいるのです」

栄三郎は熱を込めて訴えた。己を散々にこきおろした、新庄藩のあの男のことを言っているのだと解った。

「正義とは人の数だけあるもの。あれが奴の正義なのだろう」

昔からあのような男であった。何も成長していないと断じることも出来るし、この荒《すさ》んだ世に擦《す》れることなく変わっていないということも出来る。あの男から見れば己は悪に映るだろう。

内記は細く溜め息を零した。

――私は兄とは違うのだ。

兄、進藤靭負《ゆきえ》は優秀な人であった。火消として類まれなる才を生まれ持っただけでなく、過去の火事を徹底的に調べて対策を練る努力の人でもあった。今の火消では当然と思われている排煙の方法、一方向戦術なども靭負が編み出したものである。故に多彩な戦術を虹《にじ》の如く臨機応変に用いることから、「虹彩」の異名で呼ばれていたほどである。

人格も非の打ちどころがなく、配下だけでなく常に多くの仲間に囲まれていた。

兄が仲間たちと酒を酌み交わしていた神田相生町《あいおいちょう》にある「錠屋《じょうや》」という蕎麦屋。

――いつかお前も仲間が出来れば、ここに一緒に来ればいい。

幼い内記の頭を、ぐしゃりと撫でながら兄は笑っていた。だが十八年前、他の黄金の世代の者たちと行ったのが最後で、それきり足を向けていない。

己は兄に憧れ、同じようになりたいと願っていた。しかし人とは何事も儘ならぬもので、思い描いたのとは違う一生を歩んでいる。

「もう戻れぬ」

「え……」

思わず口から零れ出てしまい、栄三郎が怪訝そうにこちらを見る。

あの時、八重洲河岸定火消を、配下を守るために仲間を見捨てた。だがあの時もし裏切らなければ、せめて相談だけでもしていれば、己の一生はまた違ったものになったのかもしれない。だが、過ぎ去った青き春はもう二度と戻らない。

「何でもない」

内記は口を苦く歪めて軽く手を挙げた。もう下がってもよいという意である。

その時、慌ただしく跫音《あしおと》が近づいて来た。すわ火事かと思ったが、出動に向けて支度する気配はない。

「どうした⁉」

部屋に来た配下の一人に、栄三郎が先んじて尋ねた。

「当家を訪ねて来た火消が」

「今、御頭は誰とも会われない。追い返すように命じただろう」

栄三郎はぴしゃりと言った。加賀鳶の呼びかけで火消の会合の場が持たれた。

恐らく議題は先の尾張藩の火事。あの男も一枚嚙んでいると思われる。

他の火消と足並みを揃えるつもりはなく、内記はこれを蹴った。後に聞いたが、府内の火消の中で八重洲河岸定火消だけだったらしい。そのような状況であるため、今は火消ならば一切の取り次ぎを拒むように命じていた。

「それが……帰れと申しても一向に引き下がらないのです」

耳を欹《そばだ》てれば、何やら表のほうで揉めているような声も聞こえる。

「何者だ」

説得に来たということならば、他の定火消の頭か。いや今の定火消の頭にそのような気骨《きこつ》がある者はいない。日名塚要《かなめ》人など腕は良いらしいが、あまり他と馴れあうでもないらしい。

「い組の慎太郎、め組の藍助という二人組です」

「漣次、銀治に使いを走らせ、引き取らせるように――」

「待て」

内記は、指示を出そうとする栄三郎を止めた。

「御頭……」

栄三郎は意外そうに声を詰まらせている。

内記は再び庭の銀杏の木へと目をやった。まだ半ば葉が残っている。陽当たりの加減もあるのだろう。中には青々とした葉もあった。

「会おう」

その一枚をじっと見据えながら、内記は風に溶かすように静かに言った。

五

慎太郎は藍助と共に八重洲河岸定火消屋敷を訪ねた。

「御頭は誰とも会われぬ」

取り次ぎの者はけんもほろろに断ったが、慎太郎は諦めなかった。

「ほんの少しでいい。お尋ねしたいことがあるのです」

「ならん。帰れ」

「人の命が懸かっているんです！」

「何度申しても同じだ」

全く聞く耳を持ってもらえぬので、思わず口をついて出た。

「定火消ってのは、どれもそうなのかよ」

「無礼な……ただでは済まぬぞ」

「上等だよ。人の命が懸かっているって言ってるのに、会いもしねえなんてそれでも火消か！」

売り言葉に買い言葉で一触即発になり、藍助はおろおろしながらも、必死で落ち着かせようと肩を摑む。その時である。屋敷の中から別の男が姿を見せた。

「御頭がお会いになる。入れ」

取り次ぎの者は良いのかと訊き返すが、男は小さく頷く。歯ぎしりする取り次ぎに対し、慎太郎はぺろりと舌を出して招かれるままに屋敷へと入った。

い組の火消屋敷も町火消の中では立派なものだが、やはり定火消となるとものが違う。襖の上には精巧《せいこう》な欄間《らんま》があり、歴史を感じずにはいられなかった。

慎太郎と藍助が通されたのは、屋敷の中でも最も深いところ。案内の者が中に伺いを立てる。襖を開けるとそこには進藤内記の姿があった。障子が開け放たれており、どうやら庭を眺めていたらしい。内記はすうと障子を閉じて振り返った。

「下がれ」

案内の者が下がる。内記は無言で手を滑らせて中に入るように促す。向かい合って座ったところで、慎太郎がまず切り出した。

「過日はお助け頂き――」

「謝辞は無用だ。用件を申せ」

内記は顔色一つ変えずに短く言った。無駄を嫌う性質なのかもしれない。

「一つお尋ねしたいことがあります。あの火事の折、進藤様は畳を見ておられました。一体、何をご覧になっていたのでしょうか」

「そのことか」

「お教え下さい」

慎太郎は身を乗り出した。内記は少し間を取って返答する。

「何故《なにゆえ》だ」

「と……申しますと」

「鳶になって三年に満たぬ者は、暫し火事場に出ることが許されぬと聞いている。それを知ってどうするつもりなのだと訊いている」

「それは……」

慎太郎は言葉に詰まり、横で正座する藍助が膝の上でぎゅっと拳を握る。内記はそれも見逃さずに一瞬視線を落としたのが判った。

「なるほど。言いつけを破るつもりか」

何も答えずに無言でいると、内記は重ねて訊いてきた。

「番付か」

あと二月ほど、年が明ければ安永四年の火消番付が発表される。昔は三役の他は、前頭十枚目程度しか載らなかったと聞いている。しかし江戸の火事が増えるにつれ、火消の数も増えている。士気高揚《しきこうよう》にも一役買っているということで年々豪華になり、今では前頭十六枚目までの他、読めないほどの小さな字でだが、十両なども掲載された。初めての年で、この十両に名を連ねたいと思っていたのが本心ではあった。

「正直なところ、気にならないといえば嘘になります」

「そうだろうな」

内記は目を細めながら腕を組んだ。

「しかしそれ以上に、苦しんでいる人を救いたいんです」

「それは古株に任せておけばいい」

「もし前のように、遭遇したらどうすればいいんです。見捨てろってことですか」

「すぐに他が駆け付ける」

「この前は来なかった」

「減らず口を……だが確かにそうだ」

内記は呆れたように鼻を鳴らして、藍助の方へと目をやった。

「お主も同じ考えか」

「はい。慎太郎は言い出したら聞かないし、危なっかしいんで……次は必ずどちらかを選びます」

この前、内記から叱責を受けたこと。勇気を奮い立たせて共に行く、あるいは危ういと判断したなら縋りついてでも止めるという意味である。

「だが江戸の火消たちで決めたことだ」

慎太郎は歯を食い縛って呻くように話し始めた。

「俺たちだって、火消になった時からとっくに覚悟は出来ているんです。御頭も、進藤様もそんな頃があったはずじゃねえですか……大人《おとな》しく指を咥《くわ》えていろって言われて、はいそうですかって引き下がってきたんですか」

内記の頰がぴくりと動いた。初めての反応である。

「どこかで聞いたような科白《せりふ》だな……」

「え？」

「私が止めても勝手にやるのだろう？」

慎太郎と藍助の頷きが揃った。すると内記は天井に向けて溜息を吐いた。

「よかろう」

慎太郎は顔を綻ばせ、藍助と顔を見合わせた。

「ただし、一つ条件がある。火事場では私の指示に従え」

「それは……一体……」

意味が解らず慎太郎は眉間を寄せた。

「放っておいても勝手をするならば、誰かが子守をしたほうがまだましということだ。私が共に探ってやろう」

「真《まこと》ですか⁉」

そのように安心させておいて、御頭に告げ口されるのではないかとも一瞬思った。しかしそれならば、すでにしているだろう。正直、二人では不安がないと言えば嘘になる。内記は江戸で五本の指に入る火消で、その名が伊達《だて》ではないことはすでにこの眼で見ている。もし本心から手伝ってくれるというならば、これほど心強い人はいない。そこで慎太郎の頭に疑問が過《よぎ》った。

「しかし、取り決めを破れば進藤様にご迷惑を掛けてしまうんじゃ……」

「押し掛けておいて今さら心配か。懸念は無用。我ら八重洲河岸定火消はその取り決めに加わっていない」

初耳である。何と内記は件の会合に参加すらしていないというのだ。

「何故ですか？」

単純に気に掛かったのだろう。横から藍助が尋ねる。

「足並みを揃えるのが好かぬだけよ」

――に組と八重洲河岸とは管轄を争うな。面倒だ。

一月ほど前、そう御頭が言っていたことを思い出した。に組に関しては、頭の辰一が管轄内に踏み込まれることを酷く嫌うため。八重洲河岸定火消については深く聞いていなかったが、今の内記の発言から察するに同じような理由なのだろう。

「勝手をすれば、すぐにお主らの組に引き渡す。約束しろ」

内記は静かに言い放った。

「誓います」

慎太郎が即座に答えたことで、内記は鷹揚《おうよう》に頷いた。

「あれは畳を見ていた訳ではない」

「では何を？」

「炎の動きよ」

火事になると熱が渦巻《うずま》き、炎は予想外の動きをする。例の火事の時も炎は縦横無尽《じゅうおうむじん》に動いていた。その炎がある地点を通った時だけ、

「急に勢いを増して噴き上がった」

と、いうのである。

「お主も気付いていたのだろう？　炎を視《み》る眼が優れているようだ」

内記が話を振ると、藍助は戸惑いながらも話し始めた。

「はい……何か……上手く言えませんが、逆様のように見えました」

「熱だな」

すぐさま内記が言ったので、慎太郎と藍助は顔を見合わせた。

「松永様と同じ……」

「あの男にも話したのか」

内記の頬がぴくりと動く。

「はい。すると同じく熱さが逆様じゃないかと」

「やはりそう思うか」

内記はそう言うなり暫し黙考していたが、やがて顎に手を添えて斜め上を見た。

「あとは動機……これは正直なところ見当も付かん。だがいずれ判るだろう」

慎太郎はその訳が判らずに首を捻った。

「何故です？」

「まだ続くとみてよい」

「やっぱり」

「火消というのは常に後手。次を未然に止めるのは極めて難しい。だが二件続けば色々と手掛かりも見える」

別に火付けを望んでいる訳ではないが、こればかりは内記の言う通りでどうしようもない。江戸には長屋も含めれば百万を超える「家」があるのだ。起こった時に最善を尽くす他ない。

「あとは火を付けた方法か……これも次を見ねば判らぬな」

独り言を零す内記に、慎太郎は訊いた。

「進藤様とは如何《どう》落ち合えば？」

「お主ら、当番は外されているのか」

「はい」

慎太郎と藍助は同時に頷いた。

鳶になって三年未満の新人は出ないと決まったが、かといって火消屋敷にずっといなければならない訳ではない。武家火消ならば火消自体がお役目であるが、町人の鳶は他に仕事を持っている者も多い。務めの中に非番があるというよりも、決められた日に詰めなければならない当番があるといったほうが適当である。

町火消の数が武家火消に比べて多いのは、全員が町人であるため、本業を他に持っているということが理由の一つである。完全に専業の火消ばかりで固められている町火消は、遊郭《ゆうかく》から俸給が出ている吉原火消くらいのものだろう。慎太郎たちは今回のことで当番からも外されており、五日に一度の点呼に足を運ぶ以外は特にすべきことがなかった。

「二人は極力共にいるようにせよ。次に火付けがあればそこへ行く。火元で落ち合うほかあるまい」

「解りました」

「二箇所、三箇所と火付けがいちどきに続いたなら、最も新しいものへと向かえ」

「そのようなことが有り得るので……？」

慎太郎は首を傾げた。

「火消たるもの様々な事態を想定しておくものよ。覚えておけ」

「はあ……」

返事はしたものの、あれほど派手な火付けが連続するというのが、どうもぴんと来なかった。

「何か相談したいことがあれば、どうすればよろしいでしょうか？」

藍助が横から尋ねた。

「度々ここに来る訳にもいくまい。かといって当家に関わる家、よく行く店もまずいか。見張る奴が出てもおかしくない故な……」

「見張る？」

「私を快く思っていない輩もいるのだ。仕方あるまい……相生町に『錠屋』という蕎麦屋がある。そこに文を寄越《よこ》せ。話を通しておく」

内記は指示を与えると、己と行動することはおろか、会ったことも他言《たごん》せぬように付け加え、今日はもう帰るように告げた。

互いに帰る方向は反対なのだが、屋敷を後にしてから二人は暫く共に歩いた。一度、その錠屋という蕎麦屋の場所を確かめておこうとなった。

「進藤様って恰好いいよな」

慎太郎は頭の後ろで腕を組んで言った。

「うん。でも松永様のほうが好きだな」

「俺だって御頭が好きだぜ。でも何ていうか、別の……」

「翳《かげ》があるよね。でも何で協力してくれるんだろう?」

藍助はつるりとした眉間に綺麗な一本線を浮かべた。

「うーん。放っといても勝手に動くって見抜かれてたし、不安に思ってくれたんじゃねえのかな」

「それはそうだろうけど、群れるのが嫌いみたいなこと言っていたし。今更番付って地位でもないし……」

「判らねえよ。とにかく力を貸して下さるんだから、ありがてえじゃねえか」

深くは考えずに話を打ち切った。藍助は少し懸念を持っているようだが、慎太郎は不審とは思わない。何か悪意があるようにはどうしても思えないのだ。内記は素気《そっけ》ない態度を取るものの、己を見る眼が、御頭や、あの松永様に酷く似ているように感じているからであった。

第四章　蝗《いなご》と龍

一

慎太郎たちは相生町にある錠屋を訪れた。だが中に入った訳ではない。内記が話を通しておくと言っていたので、それまでは止《や》めておこうと思ったのだ。あとは懐《ふところ》が寂しいこともある。

「じゃあ、帰るか」

「うん。また明日」

己たちは役目から外されており、当番も非番もない。訓練だけでも行われるのかと思ったが、どうやらどちらの組も町の見回りを強化するらしく、己たちに構っている暇がないのか各々《おのおの》に任されている。つまりこうして会う時は幾らでもあった。

「腹が減ったなあ」

慎太郎が歩きだした時である。往来《おうらい》を慌《あわ》ただしく駆けていく者たちが目に飛び込んで来た。太鼓も半鐘《はんしょう》も鳴っておらず、火事ではないらしい。

「に組と、よ組の喧嘩《けんか》らしいぞ」

「若い鳶《とび》連中が大乱闘だ」

そんな言葉が聞こえた。若い鳶というからには己たちの同期かもしれない。慎太郎は慌てて摑《つか》まえて尋ねた。

「何があったんだい？」

喧嘩を祭りのように思っている江戸っ子である。嬉々《きき》として話してくれた。

「今年、よ組に入ったばかりの若《わけ》えもん数人が、に組の鳶一人と喧嘩だ」

「名は？」

「よ組は判らねえが、に組のほうは……あの番付《ばんづけ》狩りさ」

「藍助！　行くぞ！」

慎太郎が腕全体で招くような仕草《しぐさ》をすると、藍助は目尻を下げて珍しく声を張った。

「またぁ!?　何にでも首を突っ込みすぎだよ！」

「馬鹿《ばか》。ありゃ、俺たちの世代の本命だって話だ。どれほどのもんか偵察だよ！」

野次馬《やじうま》の男たちが言うには場所はここから程近い、に組の管轄《かんかつ》の境らしい。二人は野次馬に案内を頼んで共に向かった。

「おお……」

最後の辻を折れたところで、慎太郎は思わず唸《うな》ってしまった。通りの両側にはやんやと囃《はや》す人だかりが出来ており、往来のど真ん中には一人の男が仁王《におう》立《だ》ちしている。これが元番付狩りとして名を馳《は》せた慶司であろう。身丈は五尺八寸（約一七五センチ）の己とほぼ同じか、やや低いくらいか。引き締まった躰《からだ》に晒《さらし》を巻きつけ、に組の朱《しゅ》に染めた長半纏《ながばんてん》を羽織っている。その周りには数人が呻《うめ》きながら地に横たわっていた。

「一、二、三……」

「六人だね」

慎太郎が倒れた者を指で数えている最中、先んじて藍助が言った。

「やるな」

慎太郎は片笑《かたえ》んだ。話したことはおろか、見たのも今日が初めて。番付狩りとして強靱《きょうじん》な躰であることを示したからか、今年の番付に入るのではないかと専《もっぱ》らの噂《うわさ》である。すでに人々から「青狼《せいろう》」の二つ名で呼ばれているのも癪《しゃく》に障《さわ》る。

「別に喧嘩が強いからって、良い火消って訳じゃゃ――」

「おい、慶司！」

慎太郎が指差しながら叫んだものだから、藍助はぎょっとその顔を見上げた後、深い溜息《ためいき》を吐いた。

「誰だ、てめえ」

慶司は手を添えながら首を捻《ひね》った。

「俺は、い組の慎太郎ってもんだ」

「知らねえよ」

慶司の態度に苛立《いらだ》ちながら慎太郎は歩を進めた。

「やめときなよ。慎太郎！」

「藍助は引っ込んでろ」

藍助が追ってきて肩を摑《つか》むが、それをさっと払う。

「そっちは知っているぞ。め組の藍助か」

「え……あ、はい」

藍助はきょとんとして頷く。

「何で藍助を知っていて俺を知らねえ！」

慎太郎は藍助を指差しながら叫んだ。

「狐火もどきの火を消し止めた奴だろ？　知っているさ」

「ぐっ……」

慎太郎は歯を食い縛《しば》った。確か慶司は、狐火もどき事件の下手人《げしゅにん》をあと一歩まで追い詰めたと聞いている。藍助はその炎を爆破消火ならば消せると進言し、成功させた。世間ではさほど知られていないが、火消ならば耳にしていておかしくない。一方、己もあの事件には絡《から》んでいるが、

──埋まっていただけじゃねえか。

情けなさがこみ上げてきて拳が震えた。

「で、その珍太郎が何のようだ？」

「慎太郎だ、馬鹿野郎！　青狼とか言われて調子に乗りやがって！」

「それも知らねえよ。勝手に呼んでるだけだろうが」

「青狼なのに赤い半纏着やがって。ややこしいんだよ。青か赤かはっきりしろ！」

「うちは赤半纏だから仕方ねえだろうが」

子どものような罵《のの》り合いになってしまい、見ていた野次馬たちが、くすくすと笑う。

「昔、火喰鳥たちもこんなだったな」

「ああ。まるで黄金《こがね》の世代を見ているようだ」

その中で年嵩《としかさ》の商家の隠居風二人が話しているのが聞こえた。

「黄金の世代……？」

慎太郎は首を捻った。火喰鳥は松永様の異名だが、黄金の世代という言葉には聞き覚えがない。

「で、挨拶《あいさつ》に来たのか？　俺と喧嘩を――」

「やる！」

また野次馬がどっと笑った。慎太郎は恥ずかしさを振り切るように大声で叫んだ。

「藍助は関係ねえ。俺が相手だ」

「意味が解らねえ。だけどよ……売られた喧嘩は買うぜ？」

拳《こぶし》を掌《てのひら》に打ち付けた慶司の眼が爛々《らんらん》と光る。どちらからともなく間合いを詰め、五間（約九メートル）を切ったかという時、声が飛んできた。

「待て、待て、待て。何でそうなるんだよ」

ふと声のほうを見ると、野次馬を搔《か》き分けながらやって来る男がいる。い組と同じ一番組であるため、慎太郎は何度か見たことがあった。町火消最大の規模を誇る、よ組の頭《かしら》で「蝗《いなご》」の渾名《あだな》で呼ばれる秋仁である。

「頭……」

地に座り込んだ鳶が頼りなく呼んだ。

「何やってんだ。ちょっかい出すだけでいいって言っただろうが」

今一つ状況が呑み込めないが、どうやらよ組のほうから慶司に仕掛けたらしい。しかも秋仁の差し金のようだ。

「だってこいつ、頭を馬鹿にしやがったから」

よ組の鳶は若干腫《は》れた目で慶司をきっと睨《にら》みつけた。

「負けといて子分を差し向けるから、とんだ見込み違いの臆病者《おくびようもん》だって言ったんだよ」

慶司は顎を突き出すようにして秋仁を見下ろした。

「そういうことか……すまねえな。俺の為に」

秋仁は眉間に皺を寄せながら配下の者たちに向けて言った。

「あんた、男だと思ったのによ」

「また出たよ。男がどうのこうの……お前、金五郎さんそっくりだな」

秋仁はこめかみを掻きむしりながら、ゆっくりと近づいて来た。

「悪いかよ」

「へえ、怒らねえあたり、金五郎さんのことは乗り越えたらしい」

秋仁は不敵《ふてき》に笑い、さらに歩み寄る。

「待てよ！　今、俺がこいつと――」

「悪い。譲《ゆず》れ」

慎太郎が叫びかけるのを、秋仁は低く制した。

「ここで引き下がれるかよ」

秋仁は溜息をつくと、慎太郎の耳に口を寄せて囁《ささや》いた。

「こりゃあ、漣次さんも含めた筋書きなんだよ。潰《つぶ》せば大目玉食らうぜ？」

「何……」

「そういう訳だ。お前はまたやれ。今日は俺」

秋仁は己の鼻に指を添えて、悪童を彷彿《ほうふつ》とさせる無邪気な笑みを見せた。そして慎太郎の胸を押して下がらせ、慶司と向き合った。

「さあ、慶司。どっちが強いかはっきりさせようじゃねえか」

「橋の下に落とされて忘れちまったか？　あんたは俺に負けたんだよ」

慶司は興醒《きょうざ》めしたように鼻を鳴らす。

「酒に酔ってただけだよ。配下も守りながらだったし。あれは数に入らねえ」

秋仁は両掌を上に向けて、けけと笑《こえ》って続けた。

「素面《しらふ》の俺とやって負けるのが怖えのか？　坊ちゃんよ」

秋仁が煽《あお》りに煽ったことで、慶司の顔が真っ赤に染まる。恰好の見世物だと野次馬たちは口々に囃し立てる。

「来いよ」

秋仁が小さく手招きした時、慶司の怒りが頂点に達したのが判った。

「寝てろ」

弓を引くように躰をしならせ、右の拳を放った。野次馬の中にいる女が悲鳴を上げる。骨を粉砕《ふんさい》してもおかしくない勢いだった。

しかし秋仁は躰を開きつつ、左手で拳を叩き落とすと、がら空きになった慶司の顎に下から掌底《しょうてい》を打ち込んだ。

「ぐ……」

慶司は大きく仰《の》け反《ぞ》って一歩後ろへと下がったが、その勢いのまま身を捻って回し蹴りを繰り出そうとする。だがそれより速く、秋仁が脚払いを掛けたものだから、慶司の躰が宙に浮き、地に叩き付けられた。

「この——」

地を肘《ひじ》で弾くようにしてすぐに立ち上がった慶司に対し、秋仁は振りかぶることもなく左手を素早く出す。こんな力の入っていない拳では、打たれ強い慶司には効かない。そう思った慎太郎であったが、思わずあっと声を上げた。秋仁は掌を慶司の目に当てたのだ。所謂《いわゆる》、目隠しである。その刹那《せつな》、しなるような右の裏拳が慶司の顎を再び貫いた。

「てめえ……同じところを」

慶司は何とか踏み止まったが、膝が小刻みに震えている。それでも猛然《もうぜん》と襟《えり》を摑もうとするが、秋仁は後ろに飛び退ってそうはさせなかった。

「お前は打たれ強いからな。狙わせてもらうぜ」

慎太郎もそれなりに荒事をしてきたので判る。顎は人の急所で、強く打たれれば足腰が立たなくなる。先程の掌底、拳の二発で、常人ならばすでに斃《たお》れていただろう。

「もう一丁《いっちょ》」

今度は仕掛けたのは秋仁のほう。左の拳が慶司の顎を襲う。

「そうはさせ――」

慶司は両腕を畳んで引きつけ、拳を添えるような恰好で顎を守った。秋仁の左手がぴたりと止まった。その次の瞬間、秋仁は姿勢を低くして、慶司の空いた脇腹に捩じるよう拳を打ち込んだ。それでも慶司は膝を突かない。だが相当に効いているようで、跳ねるようにして後ろへ飛ぶと、肩で息をしながら怒鳴った。

「顎を狙うんじゃなかったのかよ！」

「お前は単純で助かる。人は学ぶんだよ。俺は同じ相手に二度負けたことはねえ……あいつは人じゃねえし」

にやりと笑った秋仁だったが、最後のあたりで小声になった。

「もう一度、沈めてやる……」

慶司は白い歯を剝《む》いて構えた。

「来いよ。もうすぐ捕り方も来るぜ」

秋仁は挑発するが、慶司は動かない。

――何か狙ってやがる。

慎太郎はそう直感した。これまで慶司はひたすら攻め続けていたのだ。

「なるほど、そうか」

秋仁がぼそりと呟《つぶや》いて距離を詰めると、右の拳を再び引いた。

慶司は膝から力を抜き、頭も左へと傾けた。相手が打つのに合わせ、返り討ちにしようという罠《わな》だと悟った。だが秋仁は本来ならば前へ出るべき左脚を素早く引いた。

「なっ――」

「元々は左利きさ」

秋仁が片頰に笑みを見せて言った。が、慶司には聞こえていなかったかもしれない。三度、無防備な顎を貫かれて慶司は膝から頽《くずお》れ、そしてそのまま突っ伏して動かなくなった。

――強《つえ》え。

荒事に慣れているはずの慎太郎も口が開きっぱなしだった。

「やりすぎたか？」

秋仁が苦笑すると、固唾《かたず》を吞んで成り行きを見守っていた野次馬から、どっと歓声が上がった。まだ慶司が「番付狩り」と呼ばれていた頃に、秋仁がやられたということは読売にも載ったほどだった。だが、今回は秋仁の完勝といってもよいだろう。

「秋仁さん、いいもの見させてもらったぜ！」

と、興奮気味に声を掛けたのは小粋《こいき》に半纏を羽織った職人。

「流石、すてごろ秋仁。鈍《にぶ》ってねえようだな」

言ったのは商家の隠居風で、秋仁は軽く手を挙げて愛想よく応じている。

「くそったれが……」

慶司が呻きながら立ち上がろうとするが、完全に脚に来ておりふらついて尻餅をつく。

「お前は強えよ。ただ大人はここを使うんだよ」

秋仁は指でこめかみを突《つつ》きながら微笑《ほほえ》んだ。

「御頭！」

慶司にやられた鳶たちも、すでに立ち上がり歓声を送っていた。

「すまねえな。大した怪我《けが》はしていねえようだ……お前ら、そろそろ離れろ」

「え……」

「真打《しんうち》が来るぜ」

秋仁がにやりと笑った時、辻を折れこちらに向かって悠々と歩いて来る男が目に入った。二十間（約三十六メートル）ほど離れていても、相当な巨軀《きよく》だということが見て取れる。こちらも直《じか》に半纏を引っ掛けているが、慶司と異なり晒すら巻いていない。代わりに隆々《りゅうりゅう》とした体軀には、九匹の龍の刺青《いれずみ》が躍《おど》っている。

「九紋龍《くもんりゅう》……」

思わず慎太郎は身を震わせた。その蛮勇《ばんゆう》は江戸中に聞こえているが、鳶市にもいなかったし、管轄を出ることもない辰一を見たのはこれが初めてだった。その横にいる男には見覚えがあった。に組の副頭で「不退」の異名を持つ宗助である。

「た、辰一だ！」

野次馬が指差したと同時、悲鳴とも感嘆《かんたん》ともつかぬ声が往来に満ち溢れた。

「巻き込まれるぞ。逃げろよ」

秋仁が手を払った時には、すでに子連れの野次馬などは逃げ始めている。

「御頭、あそこですぜ」

宗助がこちらを指差しながら言う。

「ん？」

慎太郎は眉を顰《ひそ》めた。宗助が秋仁と目を合わせて、くいと口角《こうかく》を上げたように見えたのだ。だが喧噪《けんそう》の中にいる野次馬も、宗助の横を歩む辰一も気付いていない。

「秋仁、どういうつもりだ」

辰一の声はまさしく臥龍《がりゅう》の唸りの如《ごと》くに低い。

「うちの若いもんがやられたんで、ちょいと締めてやろうとな」

秋仁は未だ起き上がれない慶司を親指で差す。

「てめえのところから仕掛けたらしいじゃねえか」

「へえ……いつの間にか丸くなっちまいやがって。細かいこと気にするんだな」

「こいつ」

辰一が太く吊り上がった眉を寄せて睨みつける。すでに野次馬の半数が逃げ出し、残る半数も五間は下がって先ほどよりもかなり遠巻きになっている。辰一と秋仁の距離が詰まる中、慶司がようやく立ち上がり間に割って入った。

「邪魔すんな。まだ終わっちゃ――」

「どけ」

辰一が腕を払うと、慶司は横薙《な》ぎに吹っ飛ばされて地を滑り、激しく砂埃《すなぼこり》が舞った。凄《すさ》まじい怪力を目の当《ま》たりにして、横にいた藍助の声は震えていた。

「慎太郎……」

「御頭の言った通り、ありゃ化物だ。絶対関わるのを止めよう」

「そのほうがいい」

二人がそうこう話しているうちに、辰一と秋仁が対峙《たいじ》する。辰一は身丈六尺三寸（約一八九センチ）と聞く。一方の秋仁は五尺五寸（約一六五センチ）ほどか。決して小柄とは言えぬものの、向き合うと辰一を見上げるような恰好である。

「どういう了見《りょうけん》だ」

辰一は見下ろしながら静かに気炎《きえん》を吐いた。

「それよりいいのか。あいつを助けに来たんじゃ？」

「そんなやわなたまじゃねえ。唾《つば》つけときゃ治る」

「確かに頑丈《がんじょう》だ」

口に砂が入ったのだろう。身を起こして咳《せ》き込んでいる慶司を見て、秋仁は僅《わず》かに頬《ほお》を緩《ゆる》めた。

「何企《たくら》んでやがる。てめえが仕掛けて来るなんざ何時《いつ》ぶりだ」

秋仁は指を繰りながら、ぶつぶつと独り言を零す。

「そうだな……あれ以来じゃねえか。十八年前。ちょうどいいじゃねえか。あの時は結局、決着をつけられなかったんだからよ」

「今更《いまさら》……」

「いいじゃねえか。まだ老《ふ》け込むには早《はえ》え」

秋仁がからりと笑うと、辰一は天を見上げて深く息を吐いた。そしてゆっくりと顔を下げた時、辰一の眼がぎらりと光ったように慎太郎には見えた。

「諦めろ」

「十四度目の正直だ」

重なったのは言葉だけではない。互いの右の拳が絡まるようにして相手の顔に向かっていく。鈍い音はすぐに野次馬の喚声《かんせい》に掻き消された。それから幾度となくぶつかり合う二人は、喧嘩をしているはずなのに、どこか楽しそうに見えるのは気のせいだろうか。慎太郎はそのようなことを考えながら、熱狂の渦の中で舞う二人を見守り続けた。

源吾が宗助に言われた掛茶屋に座っていると、小走りで男が一人近づいてきた。に組の鳶である。

「松永様、御頭が出ました。今です」

これも打ち合わせ通り。辰一が秋仁のもとに向かうのを見届けると、すぐに報《しら》せる段取りになっていた。副頭の宗助も辰一の行動を全て把握している訳ではないので、確実に鉢合わせしないためにはこれしかない。

「分かった」

すでに勘定《かんじょう》は済ませてあり、源吾は急ぎ足で卯之助の隠居宅を目指した。ここには前に一度来たことがある。その時に卯之助の光が殆《ほとん》ど失われていることを知った。わざわざ立たせるのは忍びないと、戸を少し開けて中に向けて呼びかけた。

「卯之助さんよ。いるかい」

奥で人の気配がして、応答があった。

「その声は……源吾か。少し待ってくれ。今……」

「立たなくていいさ。入っていいなら俺が行く」

卯之助の許しを得ると、源吾は足を踏み入れて戸を閉めた。家の中は小綺麗《こぎれい》に片付いている。近くの年増《としま》に頼んで身の回りの世話をしてもらっていると、これも前に聞いている。

「久しぶりだな。あれ以来か」

部屋に入ると、卯之助がこちらを見上げた。霞《かすみ》が掛かったように瞳が濁《にご》っている。

「どうだい？」

「また随分《ずいぶん》と悪くなったたな。もうすぐ日記も書けなくなるだろうよ」

卯之助は苦笑して目を外した。卯之助は小まめに日記をつけているらしいが、それも難儀《なんぎ》するようになってきたらしい。ふと周りを見るが畳の上には何も無い。文机《ふづくえ》の上も同じである。

「何してた？」

源吾は膝《ひざ》に手を添えながら腰を下ろした。

「何もしてねえさ。そろそろ酒にしようかとは思っていたがね」

若い頃の卯之助は義賊《ぎぞく》として貧しい者に盗んだ金を配って人々を熱狂させた。足を洗ってからは裏切った千羽一家を追うために火消となり、三十路になっていたにもかかわらず、こちらでもめきめきと頭角《とうかく》を現し関脇《せきわけ》にまで上り詰めたのだ。手放しで褒《ほ》める訳にもいかないが、言わば二つの道で成功を収めたことになる。

源吾は鯔背《いなせ》に半纏を肩に引っ掛け、配下に指示を飛ばす往年の卯之助を知っている。当時の姿を思えば、今の境遇《きょうぐう》は何とも寂しいものである。

「同情はいらねえ」

まるでこちらの心を見透《みす》かしたように卯之助は続けた。

「俺は千羽という凶賊《きょうぞく》の種を生んじまった。それに仲間の火消も、頼ってくれる人々も騙《だま》していたんだからな」

「火消なんてみんな寂しいもんさ」

卯之助だけではない。生き残り、老いさらばえた火消などきっと皆が寂しく、どこか滑稽でさえあるものだろう。そこに至るまで多くの仲間や配下の死を見て、救えなかった命を悔やみ、火事が起これば己はもう動けずとも気を揉み、憂《うれ》える。往年の名火消として憶えている者も僅かながらいるだろうが、やがてそのような人も少しずつ減っていく。命を懸けて炎と闘い抜いたとしても、火消にはそんな老後しか待っていない。源吾は数々の先達《せんだつ》たちを見てすでにそう悟っている。

「それでも多くの命を守った事実は消えねえ。それでいいと思っているよ」

「そうかも知れねえな」

卯之助の言葉に、源吾はふっと息を漏らした。口の動きは見えていないかもしれないが、卯之助にも微笑んだことは伝わったらしく、二度三度頷いた。

「それに、いい義息《むすこ》に恵まれたと思っている」

「その息子に俺たちはいつも手を焼いているがな」

卯之助は苦く頬を緩めるものの、辰一の話になるとやはりどこか嬉しそうである。

「悪いな。辰一が何かしたか？」

「いや、今日は違う。あんたに訊きたいことがある」

源吾が切り出すと、卯之助が目を細めてぐっと眉間に力を入れた。理由は解らないがすでにこちらの問いに察しがついていると、源吾には思えた。

「何だ」

「伊神様のことだ」

「そうか……」

卯之助は乾いた頰を手で撫でた。やはり予測していた様子である。

「宗助から聞いた」

源吾は宗助が若い頃に立ち聞きしていたという経緯を告げた。

「なるほどな」

卯之助は肯定も否定もしないが、何故ここに来たのかは理解したようである。

「今回、尾張藩士の屋敷が爆《は》ぜるという火事があった。何か――」

「何……何時《いつ》だ？」

源吾が最後まで言い切る前に、卯之助が身を乗り出した。

「十二、三日ばかり前だ。知らねえのか」

「ああ、に組の管轄内、あるいは神田くらいまでなら耳に入るが、離れていると近頃はとんとな……爆ぜたってのは油か、火薬か？」

穏やかだった卯之助の表情は、すでに火消のそれに戻っている。

「どちらも違うようだ。原因はまだ判らねえ」

「そうか」

「やはり何か知っているんだな」

　卯之助は少し戸惑った様子を見せたが、顔をぐっと近づけて重々しく口を開いた。

「大学火事の時、林屋敷には二人の男が残った」

　卯之助はその日を回想するかのように、目を瞑《つむ》りながら言った。

「ああ」

　己も当然、知っている。いや己はぎりぎりまでその場所にいたのだ。そしてその二人を最後に見たのもまた己。一人は子どもの頃から最も憧れた火消である伊神甚兵衛。そしてもう一人は父、松永重内である。卯之助は唇《くちびる》を噛み締めながら、苦しげに零した。

「火事の後、見つかったのは一人だ」

　胸が激しく高鳴り、頭を木槌《きづち》で叩《たた》かれたような衝撃が走る。これまでの話の流れから察するにその一人は父とみて間違いない。そして、

「伊神様の骸《むくろ》は無かったのか……」

「その通りだ。身丈などから間違いねえ」

「でも、何で今までそれを。勘九郎や漣次たちは知っているのか」

「いいや。知っているのはごく限られた一部だ。辰一にも言ってねえ」

当時、己たちが火付けの下手人に堕《お》ちた甚兵衛を追っている裏で、この国はまた別の窮地《きゅうち》を迎えていた。宝暦年間には各地で凄まじい飢饉《ききん》が巻き起こっていた。中でも奥羽の被害は猛烈で、さらにその中でも新庄藩などは甚大《じんだい》な打撃を受け、実に領民が半数になるという事態にまで陥《おちい》っていたのである。

そのせいで米価は高騰し続け、幕府は大量の蔵米《くらまい》を放出しながら落ち着かせようと奔走《ほんそう》していた。そこに大学火事が起こったのである。蔵に備蓄されている米も多くが燃えた。

——米の価格は世の気分に大きく左右されるのです。

そう深雪が言っていたことがあるのを思い出した。大学火事で燃えた米が多いとはいえ、日ノ本全土からすれば微少なもの。だが、国の中心で大規模な火付け事件が続いているということで、米価は頂点を迎えることになり、幕府は至急大坂の蔵米を回すことで沈静化を試みた。

そこに伊神が生きているとなればどうなる。また火付けは続くと思い、江戸中の商人が米を買い占めようとするだろう。そうなればすでに塗炭《とたん》の苦しみに喘いでいるこの国の民は飢《う》え、江戸で大火が起こるよりも、さらに多くの死者を出することになってしまう。そこで当時、幕閣の中心にいた松平武元《まつだいらたけちか》がこれを秘匿《ひとく》すると苦渋《くじゅう》の決断を下したらしい。

「ただし、また伊神が動き出すことも考えられた。だから最小限の火消にだけ備えるように命じられたんだ」

当時、火消連合の中心にいた火消と、その副頭までが知ることを許されたらしい。つまりは加賀藩の大音謙八と譲羽十時、に組の卯之助と宗兵衛、仁正寺藩とい組は副頭が空席であったため、それぞれ柊古仙と金五郎のみである。卯之助はさらに言葉を継いだ。

「備えていたものの一年経《た》ち、二年経ってもそんな動きはなかった。伊神は何とか屋敷からは逃れたが、どこかで斃れたんだろう……そう結論付けたのは三年目のことだ」

そしてその三年目に謙八と十時が加賀大火で散り、古仙が八年目に病死、十五年目に金五郎が秀助の操った瓦斯《がす》を受けて命を落とし、十六年目に起こった明和の大火で宗兵衛が死んだ。今、その事実を知っているのは卯之助ただ一人となっているという訳である。

「だから尾張藩の火事に」

「そうだ。尾張藩に関わる屋敷で火事が起きた時には、たとえ小火《ぼや》でも、常に駆けつけようと皆で話していたんだ……」

「だが流石《さすが》にもう十八年だ」

仮に伊神甚兵衛が未だ生きていたとすれば五十四歳。だがこの十八年もの間、どこで何をしていたというのか。どうにかして暮らしていたとしよう。大学火事で怪我を負ったとしても、二、三年で癒《い》えるはず。その頃に復讐を再開したというのならともかく、これほどまでに期間を空ける必要があるのか。年月が流れれば流れるほど仇《かたき》も死んでいくし、己も老いていくのだ。

「源吾……人の怨《うら》みってものはそう簡単には消えねえもんさ。ふとしたことで再び燃え上がることもある」

卯之助の言には真が籠っている。この男は両目の光が失われつつある今でも、千羽一家が江戸に来たとすれば動く。そう言っているようにも聞こえる。

「ともかくその線も考えて動く」

「いや……ずっと黙っていてすまなかった。大音様も、柊様も、お前だけには……」

「それで良かったと思う。当時の俺なら何をしでかしたか判らねえよ」

あの時の己がすぐに知ったならば、家を出奔《しゅっぽん》し、草の根を分けてでも伊神甚兵衛を捜そうとしただろう。皆が己のことを慮《おもんぱか》ってくれたことは痛いほど理解出来た。

「源吾、頼む」

「任せとけ」

源吾が微笑むと、卯之助は潤いのない唇をぎゅっと結んで頷いた。

卯之助の家を出ると、往来の様子を確かめてさっと離れた。遠くで歓声が聞こえる。ちょうど秋仁が辰一を引き付けているのだろう。

空は刻々《こくこく》と藍《あい》色に変わっていく。冬で風が澄んでいるせいか、早くも一番星が輝いている。この年になるまで、ずっと遺志は俺が継ぐと、二人に向けて空に語りかけてきた。だがそこには一人しかいなかったかもしれないと聞き、心が激しくざわついている。そして卯之助の言った通り、もし甚兵衛が生き残っており、十八年の時を越えて復讐を再開したとするならば、父が命を懸けて救おうとしたことが無駄だったかもしれないのだ。

あの時、己が林鳳谷を連れて屋敷を出た後、二人の間でどんな言葉が交わされたのか。

――親父、何があった。

一等輝く星ではなく、その近くで頼りなさげに瞬《またた》く星に目をやりながら、源吾は心の中で呼びかけた。

三

翌日、源吾は茫と教練を見守っていた。気合いを入れて励んでいるものの、皆が時折こちらをちらちらと気にしているのは、どこか己が上《うわ》の空だということに気付いているのだろう。これではいけないと思うのだが、やはり考えてしまう。前回と異なり、今は江戸中の火消が注視している。次の火事があれば何か手掛りが出るのではないかと直感している。

「あ、秋仁さん！」

裏木戸のほうを見て声を上げた新之助は、げっと顔を歪《ゆが》めた。源吾も視線をやると、そこには顔を腫らし、晒で腕を吊った秋仁の姿があった。よく見れば肌の覗くあちこちに青痣《あおあざ》も出来ている。

「おいおい、またこっぴどくやられたな……折られたのか？」

「肩が外れかけましてね。まだ痛むので吊っているだけです」

「まあ、勝負は訊《き》くまでもないわな」

「ひでえな。引き分けですよ」

秋仁と辰一の喧嘩は相当なものだったらしい。秋仁の頭突《ずつ》きをもろに食らって、辰一は口から相当に血を流したとか。口を血で汚した辰一は、さらに凄惨《せいさん》に見えたと野次馬は身を震わせていたらしい。それでも秋仁はその数倍の怪我を負わされているのだから苦笑せざるを得ない。引き分けというより、秋仁が音《ね》を上げるより早く、奉行所の者が駆け付けて喧嘩を止めたというのが正しかろう。

「折角《せっかく》、こっちにはまだ奥の手があったのにね」

秋仁は腫れた頬に引き攣《つ》ったような笑みを浮かべた。

「嘘つけ。だいたい、辰一の気を引くためにそこまでする必要があったのかよ」

「先日、安治の墓参りに行きましてね……」

安治は浮浪児をしていた頃からの秋仁の仲間である。無頼《ぶらい》の徒《と》らしからぬ美しい声色《こわいろ》の男で、「鈴虫」安治などと呼ばれていた。源吾の耳もその心地よさを今でも覚えている。

若い頃の秋仁は辰一に対する意地で火消になろうとしたが、当時の仲間を見捨

てられず迷っていた。そんな時に、

——あの野郎に勝つんじゃねえのか。

と、背中を押したのが安治であった。安治は自ら小さな煮売り酒屋を開いて仲間の面倒を見ることにし、義俠心《ぎきょうしん》に縛られる秋仁を送り出してくれたのだ。その三年後には秋仁はよ組の副頭にまで出世し、安治を含む無頼時代の仲間を鳶として迎え入れた。やがて秋仁は頭に就任し、安治も補佐役になった。ちょうど源吾が火消から離れていた期間の話である。

その安治も明和の大火の折に散った。二方面から津波の如く押し寄せる炎に対し、秋仁と手分けして一方を守ったのである。最後の姿を見た者の話に依《よ》ると、

——俺たちの、この糞《くそ》ったれた町を守れ！

そう言って最前線で指揮を執《と》り続け、倒壊した家の下敷きになって絶命したという。浮浪の時代には、盗みがばれて半殺しの目に遭《あ》ったり、雑草を貪《むさぼ》ったりと、言うに言われぬ苦労もあっただろう。それでも何とか大人になるまで生きてきた町への想いが滲《にじ》み出ている言葉である。

「慶司に負けたことを報告した時……それまでうんともすんとも言わなかったのに、鈴虫が一斉に鳴き出したんですよ。秋仁さんも丸くなっちまったなと言われ

た気がしてね」

「安治は優しげだけど、気の強い男だったからな」

「けじめですよ。あの頃の……『すてごろ秋仁』との別れを告げるつもりでね」

秋仁の顔は酷《ひど》いものであるのに、どこか晴れやかに見えた。真に進み出すために何か切《き》っ掛《か》けを探していたということだろう。

「で、上手くいったようで。聞きましたよ」

秋仁は声を低くして囁いた。すでに卯之助から聞いたことは、勘九郎、漣次、秋仁、与市の四人には文で伝えている。勘九郎は与市と連絡を取った上で、即日、牙八をこちらに送り、

――三日後、再び仁正寺藩で集まろう。

と、伝えて来ている。

「本当なんでしょうか」

「解らねえ。だがもし生きていたとしても……伊神様がまだ復讐に囚《とら》われているとは思えねえんだ」

燃え盛る林大学頭屋敷の梁《はり》が崩れ落ちた時、甚兵衛は咄嗟《とっさ》に仇であるはずの林鳳谷を救った。火消として長年染《し》み付いた癖《くせ》は抜けないと自嘲《じちょう》していたのも覚え

ている。父の話で火消が甚兵衛を見捨てた訳でないことを知り、甚兵衛から瘧《おこり》が落ちたように憎しみが消えていくのも感じていた。十八年もの間、何もしなかった者がどうして今更と思う。

「次……はきとするような気がします」

「ああ、俺も同じだ」

秋仁も同じことを考えているらしい。たった一度の火事であるが、これが並のものではないと感じてすぐに府内の火消を結集せしめた。これは十八年前では出来なかったこと。謙八たちの教訓が今に生きていることになる。そして父はその人柱《ひとばしら》になったのだ。

四半刻（約三十分）ほど教練を見学して、秋仁が帰ろうとした時である。壊し手の雄叫《おたけ》びが響き渡る中、源吾の耳朶《じだ》は異音を捉えた。

「新之助！」

源吾は耳に手を添えつつ叫んだ。

「はい！　皆、静かに」

ぴたりと声が止み、源吾は瞑目《めいもく》して神経を研ぎ澄ませた。無数の音を耳が集め、瞼《まぶた》の裏に色とりどりの絵のようなものが浮かぶ。それぞれの音に色があり、それが入り混じりながら雲海のように揺らめくのだ。男たちの息遣い、空を行く鳥の鳴き声、風の巻く音、そしてその隙間《すきま》に響く、遠くで鳴る陣太鼓の音色。

――行け、源吾。

その時、微かに己の名を呼ぶ声も聞こえたような気がした。己の中に宿った父の想いが声なき声を聞かせているのかもしれない。源吾はかっと目を開くと鋭く吼えた。

「火事だ。行くぞ!!」

「場所は!?」

「麴町!」

今日は特に冴え渡っている。その場所のことを常に気にしていたかもしれない。頭付きの銅助《どうすけ》はすでに碓氷を曳いて来ている。普段なら皆の支度《したく》を待つのだが、源吾はすぐに愛馬へと跨《また》がった。

「御頭! まだ――」

魁《さきがけ》と異名を取る武蔵ですら、流石にまだ出られる状態ではない。

「……今は俺たちだけじゃねえ。江戸火消は必ず駆け付ける! 後に続け!」

一刻の猶予《ゆうよ》もない。今、行かなければならない。何故かは分からないが源吾の胸に焦燥感が駆け巡っている。敢《あ》えて言うならばこれも勘働きの一種。源吾は鐙《あぶみ》を鳴らして単騎で駆けだした。

「頭取並！」

火消には時折このような言い知れぬ予感が働き、そしてそれは得てして当たる。ただそれが吉と出るか凶と出るかは解らない。長年の経験から重々知っているからこそ、武蔵は手を大きく振って新之助に付いていけと促す。

「解りました！」

新之助も即座に馬上の人となった。

「松永様！　よ組も出ます。漣次さんにも！」

秋仁が横を走りながら叫んだ。

「頼む！」

秋仁が頷くのを見届けると、源吾は門から勢いよく飛び出した。手綱《たづな》を繰って気合いを発する。主人の鬼気を感じ取ったのか、碓氷は高く嘶《いなな》き、凄まじい速さで駆けだした。陣太鼓に続いて半鐘の音も聞こえる。やはり今日は冴え過ぎている。音の方位、順から見て間違いない。目指すは麴町、尾張藩中屋敷である。

四

先刻より一筋の煙が風に揺れているのが見え、次第にそれは濛々《もうもう》と太くなっていく。すでに直線で三町（約三三〇メートル）を切ったところで橙《だいだい》の焔《ほのお》も屋根の向こうに見えた。源吾の背後から、新之助が悲痛な声で呼びかける。

「もう少し足を緩めて下さい！　潰れてしまいます！」

碓氷は加賀藩に代々続く名馬の血統で、大音謙八の乗馬であった大黒《だいこく》の孫に当たる。気性の荒さという難こそあるが尋常《じんじょう》の馬とは一線を画《かく》す。新之助は何とかここまで追い縋って来たが、少しずつ遅れが目立ち始めている。

「後で来い！」

「駄目です！　一人にはしません！」

振り返ると新之助は凄まじい形相である。この若者は此度《こたび》の事件が己の心を掻き乱していることに気付いている。そして一寸《ちょっと》の油断で散った甚兵衛と、今の己を重ねているのかもしれない。

「くそっ」

源吾は舌打ちをして手綱を緩めた。

「落ち着いて下さい。決して到着は遅くない」

横に並んだ新之助が頷く。

「解っている。解っている……」

新之助に応えるというより、自らに言い聞かせている。とっくに終焉を迎えたはずの物語であった。その続きがあるかもしれないと思っているからか、己も青い頃に立ち戻ったかのように逸《はや》っている。

辻を折れるとすでに先着の火消たちが目に入った。二組が消口《けしぐち》を取っている。一組の羽織や半纏の色は仙斎茶《せんさいちゃ》。家紋は頭合せ三つ笠である。

「麴町定火消です」

己を落ち着かせるために少しでも会話を切りたくないのだろう。解りきったことをわざわざ新之助は口に出した。

「あいつなら、間違いねえ」

日名塚要人《かなめ》の素性《すじょう》は未だ解らない。だが、火消としての腕が間違いないことは知っている。過日の会議で麴町定火消は日ノ本各地、遠国奉行配下だった火消の集まりだと明かした。自らは成り代わっているため江戸出身だと言ったが、もしかしたら要人も遠国奉行配下の火消だったのではないかという考えがふと過《よぎ》った。

麴町定火消は燃える屋敷の正面に陣取りつつ、左右の隣家への侵攻を食い止めようと早くも竜吐水《りゅうどすい》を動かしており、山なりに二筋、水が放出されていた。

その援護に当たるように水路から水を汲《く》んでいるのは別の組。その漆黒《しっこく》の半纏は府内で最も有名な火消のものだった。

「加賀《かが》鳶七番組！」

前屈みになって風を切りながら新之助が言った。

「仙助だ」

源吾は片手を離して火元の隣家の屋根の上を指差す。纏師は麴町定火消の鳶である。風に煽られて纏師へと倒れ込む焰を、巨大な団扇《うちわ》で払っている男。火消番付西前頭六枚目、加賀鳶七番組組頭「風傑《ふうけつ》」の仙助であった。

仙助の団扇は漆《うるし》を幾重にも重ねたもの。竜吐水から放たれる水に翳《かざ》して濡らしつつ、隣家に掛からぬように懸命に火の粉を払っている。

「松永！」

仙助もこちらに気付いて団扇をさっと振った。仙助も牙八と同じく己のことを呼び捨てにする。ぼろ鳶なんぞに負けるかという気概《きがい》の現れだろう。源吾と新之助が馬から降りたのは同時。上からのほうが状況を把握しやすいだろうと、麴町定火消より先に仙助に尋ねた。

「どうだ⁉」

「市ヶ谷と同じ。屋敷が爆ぜた！」

仙助が大団扇で火元の屋敷を指し示す。屋根には大穴が空いており、そこからごうごうと炎が噴き出している。穴の周辺には瓦が飛散しており、往来に落ちたものもちらほらと見えた。内側から強大な力でこじ開けたような穴で、屋根板がささくれだっているのも判った。

「この炎、何かおかしいぞ！」

仙助は続けて叫んだ。言われずとも近くに来て解った。素人《しろうと》には見分けが付かないだろうが、確かに藍助が言っていたように炎の動きがおかしい。炎の先端の枝分かれが少なく、その割に火勢は決して弱くない。むしろ強いと言うべきで、以前に見た瓦斯を食って勢いを増した炎の動きに似ている。

「何だこりゃ……」

「どこまでも湧き上がってきやがる！」

炎は確かに上へと向かう性質があるが、この炎の動きは自然の範疇《はんちゅう》を超えている。室内の風の流れのせいであろうか、天に吸い上げられるように上昇しており、水場に湧く羽虫の如く塊《かたまり》となった火の粉を吐き散らしていた。火の粉だけで言えば同規模の火事の五倍以上で、仙助が傍《そば》に張り付いていなければ、纏師は立っていることも出来ないだろう。

「その分、横への広がりが弱いのか……？」

目に見えぬ力で炎が上に引き上げられる分、常よりも横への燃え方が弱い。屋敷の大半がまだ原形を留めているのがその証《あかし》。やはり、このような焔は未だ見たことがなかった。

「ああ、それが幸いさ」

仙助は歯を食い縛りながら、大団扇を楯《たて》代わりにして火の粉の塊を避けた。

「気を付けろ。何か種があるはずなんだ！」

「解っている。くそっ……させるかよ！」

応じた直後、火柱のように噴き出した炎が横風に煽られ、纏師を襲った。仙助は大団扇で炎を直《じか》に叩き返すようにして死守する。

「あ、ありがとうございます！」

顔を引き攣らせて、麹町定火消の纏師が礼を述《の》べる。

「下げるな。この纏目掛けて、江戸中の火消が集まる。絶対、守ってやる!」

仙助はその間も手首をくるくると返して、群がる火の粉を上下左右に払い除け続けた。

「仙助、堪《た》えろ。止めてみせる!」

「加賀鳶、舐めんな」

片笑んだ仙助の頬には雀斑《そばかす》のような火ぶくれが散っている。江戸一の団扇番の仙助でもこうなのだ。やはり火の粉の量が尋常ではない。

麹町定火消の下へと走ったが、あの大振りの菅笠《すげがさ》が見当たらない。火消たちに指示を飛ばしているのも、初老の侍火消である。口元には八の字に、顎には紙縒《こよ》りの如き細い髭《ひげ》を蓄えており、どこか泥鰌《どじょう》を彷彿とさせる相貌《そうぼう》である。以前から、麹町定火消の中にいたのを源吾は記憶していた。

「要人はどこだ⁉」

「ぼろ鳶か」

「あんたは」

「名乗るのは初めてでございましたな。副頭の影山禅芭《ぜんば》と申す」

「確か、元浦賀火消の……」

新之助は、会合の時に要人が言っていた者とすぐに符合させた。

「左様《さよう》。頭が会議の場で申した通り、当家は各地遠国奉行配下の火消の集まり」

「別にあんたらがどこの出でも構わねえ。腕を見ていたら火消だと解る。それより逃げ遅れた者は⁉」

「家族、奉公人、全ての無事が確かめられております。ただ……」

影山の口元の髭が歪む。

「またか」

源吾は拳を強く握った。また爆ぜたのは屋敷の主人の部屋であるという。中に入って救助を試みようとしたが、部屋は地獄の釜《かま》をぶちまけたように真紅《しんく》に染まっており、九死に一生も有り得ないと言う。

「日名塚はどこだ」

源吾が左右に首を振ると、影山は一瞥《いちべつ》してしわがれた声で言った。

「此度は御頭から指揮を預けられております」

「何……」

火事場を配下に任せてまでやらねばならぬこと。要人の正体を知っていれば、おのずと答えが見えて来る。

「下手人を追っているんだな」

影山は応《おう》とも否《いな》とも言わない。未だにどのように爆ぜさせているのかは解らない。だがその場にいれば己も巻き込まれてしまうため、下手人が直に火を付けているとは思えない。恐らく下手人は離れて、あるいは何かで時を計って発火させているはずなのだ。屋敷から抜け出そうとする者を捕らえようとしても徒労に終わるはず。

「野次馬か」

源吾は勢いよく振り返った。すでに仙助たちが屋根に上っているのと反対側の隣家は取り壊され始めている。大量に火の粉が発生しており、広範囲に撒《ま》き散らされている。

江戸の民も火事には慣れっこであり、この奇妙な火事を一目見ようと夥《おびただ》しい野次馬が集まって来ていた。

麹町定火消、加賀鳶がまだ爆ぜるかもしれぬので下がれと連呼しているが、この往来にいる野次馬だけでも百を超える。近隣には三百から五百ほどがいるに違いない。

下手人は火事場に戻る性質がある。皆が何かに憑《つ》かれているのではないかというほど同じ行動を取る。大半が野次馬に紛《まぎ》れて火元の様子を窺《うかが》うのだ。要人はその中から下手人を見つけ出そうと近隣を駆け巡っているのだろう。

「左様。このようなことを何度もされては堪《たま》りますまい。ここは拙者《せっしゃ》で十分かと」

根本的に下手人をどうにかせねば、何度も同じことを繰り返されてしまうだけ。

そして、確かに一見しただけでも影山の指揮は老練《ろうれん》であると解る。この男は一火消などではなく、浦賀時代は人を束ねる地位にいたのではないかと思った。

「新之助、お前も覚えろ！」

「しかし、御頭から離れる訳には……」

「皆が来るまで無茶はしねえ。心配するな」

十八年前の様々なことが頭にちらつき、確かに常より逸っている。だが同時に時の流れは己を大きく変えた。誰かのために命を懸けるのに変わりはないが、大切な者のために無駄死ににだけは絶対にしないとも誓っている。

「近く平志郎と縁日に行く約束をしたんだ」

源吾が続けて言うと、新之助はにこりと笑い、野次馬の下へと走っていった。

要人だけに任せてはいられない。一度見れば決して忘れないという特技は、こうした局面で絶大な効果を発揮する。次にまた火付けがあった時に、野次馬の中に同じ顔があれば、その者が下手人である可能性は極めて高いのだ。

「待て……何故だ……」

「何のことで？」

その間にも指示を出していた影山が振り返った。

「あいつは確かに切れ者だが、流石に五百も一人で顔を覚えられねえだろう」

数百の人相を覚えていくなど、十人や二十人で手分けしても難しい。長年火消をしてきたが、新之助のような例外はただの一人も見たことがなかった。

定火消の定員は百十人。正確に数えた訳ではないが、ほぼ全員が消火に当たっていると見てよく、要人は一人で探索をしていることになる。

「はて」

影山は髭をしごきながら曖昧《あいまい》に惚《とぼ》けたが、その乾いた声がほんの少し上擦っているように聞こえた。

「そういうことか……」

源吾は一つの可能性に辿り着いている。そもそも要人が会合で、麴町定火消を構成する者たちの素性を明かしたことに違和感を持っていた。必要がないことは一切教えぬ性質《たち》の男である。つまりは何としてもこの火事には出たいと思っていたということ。それは要人の意思ではないだろう。

——田沼様が何らかの指示を与えている。

卯之助いわく、大学火事で伊神甚兵衛の骸が無かったということは、当時の幕閣から少数の番付火消のみに伝えられた。事件の処理に当たっていたのは老中筆頭松平武元である。

深雪は自他《じた》共に認める田沼贔屓《びいき》で、その来歴も耳に胼胝《たこ》が出来るほど聞かされている。田沼は松平武元派に属して出世を重ねたはず。つまり大学火事の秘事を知っていないほうがおかしい。

そして要人がたった一人で、野次馬を見て回っているということを合わせると一つの答えが導き出される。

「あいつは下手人の顔を知っている……いや、伊神様を探しているのだな」

源吾が低く言い切ると、影山は目を細めて未だ火を噴き続ける屋根を見上げた。

「松永殿……貴殿は一つでも多く命を救いなされ。純然たる火消であればよい。拙者から言えるのはそれだけです」

焔の映る影山の瞳は哀《かな》しげに見えた。

自身はすでに純然たる火消ではないと言っているのだろうか。何らかの密命を帯《お》びており、それを同時に遂行《すいこう》しようとしている。恐らく要人は、すでに下手人の顔を知っており、火事が起こればそれを見つけ出し次第、始末するということではないか。

「あんた……」

「ただ我らが……御頭が炎を憎《にく》む心は真。信じて下され」

「解った。余計なことを今は考えねえ。おっつけうちの者たちも来る。一緒に叩くぞ」

「承《うけたまわ》った」

影山は有難いというように穏やかに目を細めて頷くと、屋根に向けて続けて叫んだ。

「仙助殿、退いて下され。崩します！」

屋敷は二方を往来に、残る二方を隣家に面している。そのうちの一つを潰し終わり、いよいよ仙助が守っていた屋敷に取り掛かろうとしているのだ。

頷いた仙助が纏師を促し、さらに隣の家屋に移ったその時である。

何の前触れもなかった。無数に重なる鳶と野次馬の声を切り裂くように、突如《とつじょ》として轟音が響き渡った。

「仙助！」

仙助たちが渡った屋敷のさらに向こう。火元から数えれば三つ目の家が爆ぜたのである。激しく飛び散る瓦や木っ端《こぱ》を巻き込むようにして火柱が上がり、宙で大きく四散した。

それは羽を畳んだ鳳《おおとり》が閉じ込められていた籠《かご》を破り、己はここにいると天に向かって両翼を広げたかのように。猛々《たけだけ》しく、哀しく、そして美しいとさえ感じた。

「絶対――」

仙助の声が途切れた。人はこういう時、自らの命を守るため咄嗟に引き下がる。それは熟練《まれ》の火消とて例外ではない。纏師は現にそうであった。

だがごく稀に、人の本能を越える者が火消の中にいる。幾多の火事場を踏んでもなお弛《たゆ》まず、幾多の死地を潜《くぐ》り抜けてなお恐れず、幾多の死を見てなお慣れぬ火消の中の火消。そんな者は、太古から人の心に刻まれた炎への畏《おそ》れを乗り越えるように、前へと進むのである。

仙助は纏師の首根っこを摑まえて後ろへ引き、自らは大団扇を構えて、途轍《とてつ》もなく勇敢なたった一歩を踏み出した。

爆炎と粉塵《ふんじん》が渦巻く中、それまで近くにいた野次馬も悲鳴を上げ、蜘蛛《くも》の子を散らすように逃げ出す。

「仙助殿!」

舞い散る粉塵の中で纏師の声が聞こえた。ゆっくりと晴れていき、やがて景色が鮮明になる。纏師は屋根の上で尻餅《しりもち》をつき、諸手で躰が滑るのを必死に止めている。すでに纏は手から離れて屋根の下に放り出されている。

その前に立ちはだかるように立つ仙助。戦で矢の斉射を受けたように、幾つもの尖った木っ端が団扇に突き立っている。守り切れぬ右腿に一本、そしてひと際大きな杭《くい》のような木片が団扇を貫き、肩に食い込んでいる。

「絶対、守るって言ったろう。それが団扇番だ」

仙助は片目を歪めている。それでも茫然とする纏師に向けて口元を緩めた。

「助け出せ!」

影山が指示を出すと、定火消が梯子《はしご》を掛けて屋根に上る。

「俺は後だ」

仙助はこの状況でも先に纏師を退《ひ》かせようとしている。流石、加賀鳶の組頭としか言いようがない。

纏師が支えられながら梯子で降りるのを見届けると、自身も肩の木片を引き抜く。そして片手で大団扇を炎に掲《かか》げ、足を引きずって梯子まで移動すると、片手と片足だけで器用に降りてきた。

「あの屋敷に人は⁉」

その間に源吾はまだ僅かに残って、呆然《ぼうぜん》と炎を見る武士に訊いた。この状況で残っているのは新たに爆ぜた屋敷の者と考えたからだ。

「すでに皆が逃げております」

延焼することも覚悟していたことで、幸いにも衝撃を和らげたか、武士は即座に応答した。

「よし、あんたらも逃げろ。出来るだけ遠くにだ」

残っていた野次馬に散るように命じていた間に、仙助は地に降り立っている。腿だけでなく、細かい木っ端が躰のあちこちに刺さっており、木片を引き抜いた肩は血で濡れていた。仙助はひょいと穴だらけになった大団扇を担ぐと、桶に水を張って運ぶ加賀鳶たちに向けて言った。

「心配するな。死にはしねえ。手足動かせや」

「解っていますよ」

「頭がそう簡単に死ぬもんか」

「俺たちはやることをやります」

加賀鳶の者たちは手を休めることなく、こともなげに口々に返す。小組頭と配下の信頼もさることながら、仮に炎との戦で頭が討ち死にしようとも揺るがない決意が感じられた。

「松永、増えたぞ?」

仙助は棘《とげ》が刺さって血に濡れる顎をしゃくった。折角、火除《ひよ》け地を作ったが、新たな「火元」が出来たことで全てが元の木阿弥である。策を根本から立て直す必要がある。皆がそれを感じて源吾、仙助、影山が額を突き合わせて話す。

「ああ、火の粉がまた『何か』に引火したらしい……」

源吾は呻いた。異常なほど上に向かい、代わりに横への広がりが弱く、しかも他の屋敷まで爆ぜる。何もかもが常識外れのこの火事に 腸《はらわた》が煮えくり返る。

「どうする？　こりゃあ手が足りねえぞ」

仙助は顔の棘をぷつっと抜いた。

「この場の火消は百六十余。先程まではこれで勝てましたが、こうなれば三、四百はいりますな」

影山は冷静に状況を分析した。

初めの火元と、次に爆ぜた家の間に二軒。炎に挟まれるような恰好となり、こうなれば時間の問題でそれらに延焼する。火というのは大きくなればなるほど、止めるのに苦労する。四軒分の炎ならば、風向き次第では一町、二町は軽く呑み込み、最悪は大火にまで至る可能性もある。

「間もなくうちのやつらが来る」

そろそろ配下たちが到着してもおかしくない頃である。

「この手の火事は詠様《ながめ》と相性が良さそうなんだが……うちは江戸中に散らばっているから、いつもより集まりが遅《おせ》え」

「近隣の大名火消も駆け付けてきています。とはいえ、誰かが音頭《おんど》を取らねばなりますまい」

影山はちらりとこちらに視線を送った。

「俺がやる。麹町、加賀鳶七番組、そしてうち。この三家を主力にすればまだ止められる」

源吾は即時に応じた。一つでも多くの命を守る。少しでも被害を抑える。そのためには誇りも謙遜《けんそん》も無用だと思っている。

そう言った矢先、辻を折れて砂を巻き上げて向かって来る集団が目に入った。何度洗濯しても垢《あか》抜けぬ半纏を身に纏った男たち。懸命にこちらに駆けて来る。先頭を走る武蔵が拳を突き上げながら呼んだ。

「御頭！」

「いいところに来た」

「また爆ぜたんですね」

「ああ、そうだ。星十郎、これは何だ⁉」

唯一、馬に跨っている星十郎は、配下の手を借りながら馬から降りて言った。

「瓦斯に似ているようです。しかし、爆ぜた場所は厠《かわや》でもないし、硫黄《いおう》のように炎も青くなっていません。今のところは……」

経験豊富な火消たちも知らぬ。博識な星十郎でもすぐに看破《かんぱ》出来ぬ。やはりこれは歴史上、たった一度もなかった手法で火が付けられていると見て間違いないだろう。

　火消は常に受け身の存在である。初見の炎に対しては戦いつつ、同時に語り掛けるようにして原因を探らねばならない。

「風は心配ねえな」

「はい。風を読んだような意図は感じません」

　源吾の考えを、星十郎は裏付けした。下手人は風を読み、城に向かわせようとか、広げようとしているようには見えない。

「これから俺が立て直す。星十郎は風に気を配りながら炎をよく見ろ。仙助は後方へ。纏師は彦弥。水番は武蔵が指揮を、壊し手は影山殿と寅で二手に――」

　一気に指示を出している最中である。その場にいる火消全員が凍り付いたような表情となり、全員の視線が一斉に同じところに集まった。轟音に続く悲鳴、赤子の泣き叫ぶ声も聞こえる。

「まただ！」

　源吾は叫び、現場の火消たちがざわめく。半町ほど西、本日三度目の爆発が生じたのである。屋根から火柱が立つのも、大量の火の粉を撒き散らしているのも前の二つと同じ。

だが、まだ悪夢はこれで終わりではなかった。南西でも僅かな時を置いて立て続けに爆発が起きた。初めのものも合わせて計四つ。

「おいおい、こりゃあ……」

肩に担《かつ》いだ纏の馬簾《ばれん》が風に揺れる。それが顔に掛かるのも気にせず、彦弥は絶句している。他の火消たちも同じく絶望に顔を染めている。全身に木っ端の雨を受けて怯まなかった仙助すら頬を引き攣らせていた。

「一体……いくつ仕込んでやがる！」

源吾は歯ぎしりをして怒りを吐き散らした。

「御頭、こりゃあまずいんじゃ⁉」

武蔵が指を宙で激しく回す。はっとして星十郎を見ると、すでに赤髪を弄《いじ》りながら独り言を零していた。

「風向きは冬の江戸特有の北風。北東から南西に向かっており、四半刻さらに南向きに。御城に対しては逆進。そして緋鼬《あかいたち》も起きません」

数箇所で同時に火付けを行い、火事場における最凶とも言える現象、緋鼬を意図的に生み出す事件は記憶に新しい。これはもしかすると土御門の仕業《しわざ》かもしれないと過ったが、星十郎いわくこの配置では起き得ないという。

「何だ……ずっと何かがおかしいんだ」

仕掛けは巧妙《こうみよう》過ぎるほど巧妙。そしてかなり派手な手法である。それなのに一軒目、今回と続いて死者はその屋敷の主人一人のみ。これもこの炎が上にばかり向かい、横への広がりが遅いことに起因しているだろう。

さらに今回、数箇所同時に仕込んだ割に、風が読めているようには思えない。火焔を御城にぶつけようとしている訳でもなく、江戸の町中へ広げようというのでもない。このままだと反対に炎は江戸の外へと出てゆく。下手人が複数の人格を持っているかのように、一貫性というものが全く見えないのである。この場の火消たちも困惑に揺れている。

新庄藩火消が駆け付けてようやく互角《ごかく》になったのに、新たに二箇所。しかもそれぞれ距離があり、とてもではないが対応出来ない。さらに増え続けるかもしれない今、これは千人規模で戦わねば勝算は無いと悟った。近隣の火消を糾合《きゆうごう》したところで三、四百人。圧倒的に数が足りない。

——諦めるな。

源吾は戸惑い、弱気になる己を叱咤《しつた》すると、皆に向けて高々と叫んだ。

「他の火消が駆け付けるまで持ちこたえるぞ！　まずは目の前を叩け！」

応《おう》と一斉に声を上げて動きはじめる。少数を分散させてはいよいよ止まらない。見捨てる訳ではなく、一つずつ確実に潰していくしかない。こんな時こそ思考を単純にすべきだと長年の経験が語っていた。

他の三箇所が徐々に勢いを増すのに焦《じ》れながら、新庄藩火消、麴町定火消、加賀鳶七番組は懸命に眼前の炎へと立ち向かった。もはや麴町一帯が混乱の坩堝《るつぼ》と化しており、新たに駆け付けた火消たちも各自で動いている。こちらに来てくれればと願うのみである。

「飛蝗菱《ばったびし》が来ましたぜ！」

揺れる大気の中、屋根の上で纏を掲げる彦弥が叫んだ。

「秋仁か！」

「縞半纏……漣次さん……い組も来ました！」

彦弥は纏を前後左右に大きく振りながら嬉々《きき》として続けた。

「よし、押し返せるぞ」

源吾は拳をぐっと握りしめた。

「松永様！　遅くなりました」

秋仁は腕を吊っていた布も取り去っている。よ組七百二十人のうち、半数を管轄の守りに残して駆け付けてくれた。い組も百五十の精鋭を連れて参じてくれていた。

「ふざけやがって……」

いつもは飄々《ひょうひょう》としている漣次だが、炎を鋭く睨みつける目には怒りが満ちていた。この得体の知れぬ炎の性質を伝えた後、

「ここ以外に二箇所ある。手分けして抑えられるか？」

と、源吾は二人の同期を交互に見た。

「ぶっ潰してやる」

秋仁は生傷だらけの顔を縦に振った。

「ああ」

漣次は静かに言うと、屋根の彦弥に呼び掛けた。

「訝《やまびこ》！　纏倒すなよ」

「任せて下せえ」

彦弥はどこか嬉しそうに頷いた。

「頼むぞ、縞天狗！」

「秋仁、守ってくれ！」

などと野次馬から声が掛けられる中、い組、よ組は新たな火元に向かって行く。

──頼むぞ。

源吾は二人の同期の背を見送りつつ心で呟いた。皆の力を結集して臨むほかない。それほどこの炎は奇妙にして、脅威を孕《はら》んでいると感じている。

源吾は矢継ぎ早に指示を飛ばす。二つの火元に挟まれた屋敷を崩すのは容易ではないが、これを合流させてはさらに状況は悪くなる。

「どっちに倒しても炎に餌《えさ》をやるようなもんだ。往来に引き倒すぞ！」

竜吐水で類焼を抑えつつ、通り側に引き倒す。これが唯一の方法である。

「承った」

大鉞《おおまさかり》を手にした寅次郎を先頭に壊し手が突っ込み、大黒柱に幾重にも縄を掛けていく。屈強な男たちの気合いで大黒柱が叫びを上げる。このままいけば、あと四半刻ばかりでここは小康《しょうこう》を得るだろう。

「尾張藩火消です！」

彦弥が纏で指し示す先に百ほどの集団がある。上屋敷からは確かに距離があるが、遅きに失した感はある。火消頭の中尾将監の姿もあった。相変わらず恰好だけは豪奢《ごうしゃ》であるが、ここまで走って来るだけで鳶たちの息が上がっており、訓練が行き届いていないのがすぐに判った。

「応援ありがたい。これよりは我らに――」

進み出た中尾に対し、源吾はいきなり胸倉《むなぐら》を摑んだ。突然のことに中尾は気色《けしき》ばんだ。

「な、何を……」

「何をじゃねえ。てめえらで止められるかよ。水汲みだ」

「当家の者の屋敷が燃えているのに、後詰めなどしていては天下の誹《そし》りを受ける」

中尾があがこうとするが、源吾はぐっと引き寄せた。

「命が懸かってるんだ。その場で最も優れた火消が指揮を執る」

「それは……」

「俺だ」

源吾は迷わずに言い切った。もし己より優れた者がいるならば、恥も外聞《がいぶん》もなくその指揮下に入る。若い頃には考えもしなかったが、今ならばそれが正しいと解る。そしてこの場において、それは己だと確信している。

「だいたいこれは何だ。知っているなら吐きやがれ」

源吾は残る片方の手で、燃える屋敷を指差して静かに言った。

「知らない……本当なんだ。ただ……伊神甚兵衛の怨念《おんねん》ではないかと……」

「何だと」

中尾は顔を真《ま》っ赤《か》にしている。またしても甚兵衛の名が飛び出したことで、知らぬうちに手に力が籠ってしまっている。源吾がぱっと襟を放すと、中尾は咳《せ》き込みながら話した。

「家中ではそのような噂が流れているのだ……だが誰も見た訳ではない。尾張藩に怨みを持っている者、ここまで炎の扱いに長けた者となれば、その名が出ても不思議ではない……」

中尾が嘘を言っているようには思えなかった。確かに尾張藩としては真っ先に伊神甚兵衛を連想するであろう。

「伊神様のはずがねえ」

源吾は中尾を睨みつけた。

「あくまで噂に過ぎない……」

「他に心当たりは――」

さらに問い詰めようとした時、源吾は勢いよく首を空に向けて振った。

「くそっ……いつになったら止まるんだ!!」

源吾は悲痛な声を上げた。また爆音が鳴り響いたのである。一つに対応すれば、また新たに火が生まれる。いつ果てるかも判らない上に、原因が見えずに近くが爆ぜるかもしれぬという恐怖に、火消たちの士気を維持するのが難しくなってきている。

「拙者が――」

「いや、あんたは麴町の指示に従え」

源吾は中尾に厳しい口調で言い放った。影山に尾張藩火消と合流すること、新庄藩を引き抜いて本日五つ目の爆発の下に駆け付ける旨《むね》を告げた。影山は顎髭を摘《つま》むようにしながら頷く。

「解りました。何とかしましょう。これほど爆発が続くとあれば……」

「ああ、下手人が近くにいてもおかしくねえ。日名塚は戻らないだろう」

新庄藩からも、新之助を野次馬の顔を覚えるように放っている。この爆発の連続を見て同じことを考えているはず。これまでの新之助の行動から想像するに、怪しい者がいれば取り押さえようとするだろう。

「江戸は凄まじいですな。浦賀ではこのように派手な火事は終《つい》ぞ見たことがありませぬわ」

影山は額に深い皺を浮かべた。この年まで焔と対峙してきた苦労が刻まれているようである。

「俺もこれは初めてさ」

源吾は言い残すと、新庄藩を取り纏めて新たな火元へと急行した。道々に逃げ惑う人が溢れており、大混雑を引き起こしている。この人の流れと逆行する形になるからこそ、他の火消の応援が遅れているのだろう。

広大な尾張藩中屋敷のあちこちが爆発していることには、皆が気付いている。今、この時もまた破裂して瓦が降り注ぐかもしれないのだ。逃げる人々から頼む、止めてくれ、など口々に哀願《あいがん》の声が掛けられた。

「ぼろ鳶だ！　通してくれ！」

混沌という言葉が相応しく、未だ収束も見えない現場を駆け抜けながら、源吾は叫び続けた。

第五章　尾張《おわり》炎上

一

新之助は足をただの一度も止めなかった。留《とど》まる野次馬、逃げていく者、一人残さず目で追いながら疾駆《しっく》する。見た光景を絵のように脳裏《のうり》に焼き付けるのだ。そこで新之助はある疑問にぶつかった。

――この数を日名塚は覚えられるのか？

ということである。己は望んでこの特技を得た訳ではない。このような時に役立つとは思うものの、嫌な光景も全て景色として刻み込んでしまう。父の葬儀で涙する母の姿、明和の大火の折に止《や》むを得ず斬《き》った者の苦悶《くもん》の表情、最近では琴音の涙も決して忘れ得ない。むしろ己は記憶する特技を有しているのではなく、人として当然に備わっている忘却《ぼうきゃく》という才が欠けているとさえ思うのだ。

「もう目星《めぼし》が付いているんだな」

新之助は脚と首を回し続けながら呟《つぶや》いた。

ざっとではあるが、すでに二百人以上の顔を覚えた。しかし怪しいと直感する者は一人としていない。

「火勢がまだ弱いからといって安心しないように。慌《あわ》てずにゆっくり、荷は置いて逃げて下さい！」

まだどこか見物気分の抜けぬ野次馬も多く、新之助は呼びかけながら走り続けた。その時、再び轟音《ごうおん》が響いた。音の方角から察するに火元の近くである。

「まだ『何か』が残っているのか……？」

その時はそう思ったが、さらに暫くして爆音が辺《あた》りに響き渡って考えを改めた。しかも一つではなく、立て続けにもう一発。揺らめく二つの火柱は、赤龍が天を目指して競争しているかのように見えた。

——あっちこっちに仕掛けている。

新之助は気を引き締めた。恐らく下手人は複数の屋敷に「何か」を仕掛けている。つまり今、己の脇にあるこの屋敷が爆ぜても何らおかしくない。そうなれば無数の瓦《かわら》や木《こ》っ端《ぱ》、最悪は爆風で飛んだ柱や梁《はり》が落ちて来ることもあり得る。

そう考えたのは野次馬も同じようで、ここに来て余裕が一気に消え去り、豹変《ひょうへん》したかのように皆が押し合いへし合いしながら逃げ出す。

「落ち着いて下さい！」

新之助が呼びかけるが、こうなれば群衆は儘《まま》ならない。道のあちこちで渋滞を引き起こし、これでは各地から火消が応援に駆け付けてもなかなか近づけない。

「くそっ……」

とてもじゃないが往来《おうらい》を行けない。幸いにも門が近くにあったので、足掛かりになるところを見つけて塀によじ登った。塀の上を小走りで進みつつ、上から野次馬を見るが顔が見辛くて困ることとなった。だが反対に見つけやすいものもあった。芋を洗うような人混みの二十間（約三十六メートル）ほど向こう、己と同じように塀に上る者の姿を視野に捉えたのだ。

「唐笠童子」

日名塚要《かなめ》人である。今日も大ぶりの笠を目深《まぶか》に被り、軽やかに塀の上を移動している。新之助は離されぬようにその後を追った。

向かう先は半町（約五十五メートル）足らず。普通ならばあっと言う間に到着するのだが、辻に来れば塀を降りねばならず、また人混みを掻《か》き分けることになる。大八車《だいはちぐるま》や車箪笥《くるまたんす》は幕府より禁じられているというのに、未だに使っている者もおり、それが道を塞《ふさ》いでさらに混雑を招いている。

「大八車は道の端に寄せておいて下さい！」

我慢ならずに叫んだところで、要人がちらりと振り返るのが判った。この騒々《そうぞう》しい中でも己の声に反応したらしい。

「家祖が将軍家より拝領《はいりょう》した具足《ぐそく》なのだ！」

こちらの注意に対して、逃げる武士が叫ぶ。

「親から貰《もら》った命のほうが大切です！」

すぐさま切り返したので、武士はぎょっとしたが、なおも反論する。

「たとえ命を落とそうとも――」

「あなたのせいで、他の命を危険に晒《さら》しているんです。諦めて下さい！」

こちらの剣幕《けんまく》に気圧《けお》された武士の横で、母親らしき老女が諭《さと》すように話す。それで武士はようやく苦渋の表情を浮かべ、荷を置いて逃げ始めた。

「くそっ……」

この間にすでに要人を見失ったかもしれないと慌てて視線を戻した新之助だったが、思わず息を呑んで塀の上を後ろに飛び退《すさ》った。それと同時に手は腰の刀に落としている。

要人が取って返して、僅か五間ほどの近くまで来ていたのだ。

「鳥越殿」

「日名塚……殿。やりますか」

「そのつもりはない」

火消侍が二人。塀の上で対峙《たいじ》する。火事が巻き起こした風が火消羽織を靡かせている。眼下を逃げ惑う人々は見向きもしないか、見たとしても一瞥《いちべつ》をくれるのみである。

「殺気が出ていますよ」

「前回は斬り結びましたからな。警戒もします。柄《つか》から手を離して頂けますか」

皆が混乱しているとはいえ、流石にこの中で斬り合う愚《ぐ》は犯さないだろう。新之助はゆっくりと手を下ろして訊いた。

「互いに急いでいるでしょう。何か用ですか」

「力を貸して頂きたい」

「どういうことです」

「如何《いか》なる方法かは解らぬものの、下手人は次々に屋敷に火を放ち続けている。そこを取り押さえるつもりです。しかし……」

要人は笠をくいと上げて視線を動かした。

「なるほど」

今しがた二箇所が立て続けに爆ぜた。火の粉による引火、あるいは火縄などによる時間差の火付けなのかもしれない。あるいは両方とも考えられる。だが最も近く爆発した地点を探れば、下手人がいる可能性が高いという事実も消えない。一人で二箇所を探索することは出来ず、己に協力を求めて来ているのだ。

「どちらをお願い出来ますかな？」

要人はこちらに選択を譲ることで、自身の潔白を示そうとしているらしい。

「解りました。私は西の――」

新之助が答えかけたその時、近くでまた地を揺るがすほどの爆音が鳴り響いた。炎が天に噴き上がり、火の付いた木っ端も舞う。老若男女の悲鳴が一斉に上がった後、もう勘弁してくれ、いつまで続くんだという、怒りに満ちた叫びも続く。

「一体、いくつ火を……」

僅か一町ほどの距離である。新之助は新たに生まれた火柱を見上げながら歯ぎしりした。

「鳥越殿、選ぶ必要がなくなった。お付き合い願えますかな」

五つ目の爆発が起きた今、下手人がいる可能性の高い場所は変わったことになる。全ての火元が気に掛かるが、御頭や仲間を信じ、己にしか出来ないことをすべきだと思い定めた。

「行きましょう」

新之助は頷《うなず》くと身を翻《ひるがえ》して駆け始めた。

火消侍が二人。やはり逃げる人々が気にしないのは変わらなかった。ただ今度は向かう先は同じである。新たな焔を目指し、塀の上を風の如《ごと》く疾駆《しっく》する。

二

慎太郎は今日も藍助と共に町を見回っていた。町を歩いて道を覚えること、防火の注意を促すことだけは許されているのだ。

「明日、お前は点呼だったな?」

慎太郎は陽に向けて眩《まぶ》しそうに手庇《てびさし》をする藍助に尋《たず》ねた。各組ごとに定期的に点呼があり、そこには己たちも顔を出さねばならないのだ。

「うん。だから明日は昼からだね。慎太郎は昨日だったよね。大丈夫だった？」

「案《あん》の定《じょう》、釘《くぎ》を刺されたよ」

昨日は、い組の点呼があったので慎太郎も火消屋敷に顔を出した。その時に御頭には、

――慎太郎、今は我慢しろよ。

と、特に念を押された。こちらの魂胆《こんたん》はお見通しといったところなのだろう。ただ進藤様と接触していることは露見していないらしい。

――御頭、申し訳ありません……。

慎太郎は心中で詫《わ》びながら、会釈《えしやく》してその場を去った。

今回の火付けがかなり特殊で、なおかつ危険なものであるということは新人の己でも解っている。若い鳶がそれに巻き込まれて殉職《じゆんしよく》することを心配しているのだ。

己たちは十年後、二十年後の江戸を守るためにも生き残らなくてはならないと御頭は言った。それが番付に名を連ねるような古参火消の総意らしい。

頭では慎太郎も理解出来る。だが釈然《しやくぜん》としない想いが胸に渦巻《うずま》いているのも事実である。たとえ目の前に火事があり、誰かが助けを求めていても古参の火消

の到着を待たねばならない。助けられたかもしれない命を見捨てた時、十年後、二十年後まで生き残ったとして、己が火消だと誇れるのか。

「確かにそうだよね……」

慎太郎が想いの丈《たけ》を話すと、藍助は視線を地に落としながら言った。

「巻き込んですまねえな」

藍助一人ならばこのような大それたことは考えないだろう。己の無鉄砲さに引きずられた恰好である。申し訳ないという気持ちは本当だし、何なら今からでも降りたらいいと思っていた。

「いや、同じ気持ちだよ。慎太郎が無茶しないように止めないと」

「ありがとうよ」

鳶市の一位と最下位、性格も正反対の二人であり、つるむことを不思議に思う同期も多い。確かに気弱なところのある藍助だが、胸に熱い想いを秘めていることを知っている。助けて貰ったということもあるが、後に意気投合《いきとうごう》したのはそれが理由だろう。

「また起きるかな……」

藍助は不安そうに言った。

「どうだろうな。このまま何事もないに越したことはねえがな」

慎太郎は意識する前にするりとその言葉が出たことに安堵《あんど》した。己は火付けを求めている訳でも、手柄を求めている訳でもない。母は死の間際《まぎわ》に、

――必ず大人《おとな》になるまで生き抜いて。

と、言って己を逃がした。もう誰も見捨てたくはないのだ。

「次、どっち行く？」

藍助は十字路に差し掛かって左右を向いた。

「に組の管轄《かんかつ》は厄介《やっかい》だよな……よ組のほうへ行こうか」

「うん。それにしても凄《すご》かったね」

先日の喧嘩《けんか》の話である。藍助は思い出したのか軽く身震いした。

「ああ、ありゃ化物だよ。どっちもな」

慶司も相当な強さであると判ったが、その後に登場した辰一は人外《じんがい》の強さであった。終始《しゅうし》押されてはいたものの、あの剛腕を何度も喰《く》らって倒れない秋仁の根性にも舌を巻いた。

「あんな風になれないと番付には入れないのかな」

「別に腕っぷしだけじゃねえさ。御頭が言っていたけど、新庄藩の加持様は

そんな話をしていた時、慎太郎ははっとして西の空を見た。

「……」

「来た。行くぞ」

「うん！」

二人して走り始めた。今回は藍助に合わせて少し足を緩《ゆる》める。藍助もまた離れまいと必死についてくる。幾つもの半鐘の音が追いかける。どうやら方角から察するに麴町のほうである。

「何だあ⁉」

火元に随分と近づいてきたところで、慎太郎は大声を上げた。轟音が響いて火柱が立ち上がったのである。しかも時を追うごとに三つ、四つと続いている。

「進藤様の言う通りになっている……」

藍助は息を弾《はず》ませながら言った。確かに内記は火付けが連続して行われるかもしれないと言っていた。その時はそんなことが有り得るのかと首を捻《ひね》ったが、その言葉通りになっているとみてよい。

「そんな時は確か……」

「最も新しい火元で合流だよ」

「ああ！　藍助、急ぐぞ！」

四番目に火柱が上がっていたところに向かおうとした矢先、さらに爆音が鳴り響いた。すでにその直後の人々の悲鳴まで耳に届いている。

「あっちだ！」

内記の言いつけ通り、目標を五つ目に変えた。だが、果たして本当に内記は来るのだろうか。半信半疑で火元へと辿《たど》り着いた慎太郎の目に、火元を見上げる内記の姿が飛び込んで来た。

「進藤様！」

「来たか」

「何でそんなに早く……」

一から四の火元に当たるので精一杯なのだろう。まだこの五つ目の火元に火消は誰も来ていない。

「お主たちと違い、私には馬があるのだ」

とは言え、内記も今しがた着いたばかりのようだ。

「本当に来て下さったのですね」

「疑ったか？」

内記は火元から目を切り、ちらりとこちらを見た。

「いえ……」

「よい。疑われるのは慣れている。藍助、いかに見る」

内記は全身で息をする藍助に訊いた。

「前回と……同じ……逆様《さかさま》です」

「ふむ。お主《ぬし》だけに見えているのだろうな。それに確かに炎の先がおかしい。その辺りが絡繰《からく》りと見てよかろう」

内記は状況を整理するように話し続けると、次に屋敷から逃げてきた者たちが集まっているところに向かって行き、声を掛けた。

「八重洲河岸定火消、進藤内記だ」

武士の一人が応えた。

「菩薩《ぼさつ》の……何故、このようなところに……」

「近くにいたのだ。答えてくれ」

内記はとにかく落ち着いている。己ならば不用意に声を荒らげ、人々の不安を煽ってしまったかもしれない。このようなところからも、内記がいかに場数を踏んできたかを感じた。

「先ほど数えたが、一人足りないのだ」

「主人か？」

「違う。お福《ふく》という女中だ」

「何……爆ぜたのは主人の部屋ではないのか？」

「そうだ。だが殿は本日お役目で外に出ておられる」

「間違いないか。お主らの知らぬうちに戻ってきたということは」

何か思うことがあるのか。内記は首を捻りつつ念を押した。

「有り得ない」

「ふむ。解った。助け出す」

内記が身を翻そうとした時、武士が慌てて手を伸ばした。

「先ほど、すでに一人、当家の火消が助けに入ってくれた！」

「尾張藩火消が？」

これまで眉一つ動かさなかった内記が、初めて表情を曇らせた。

「拙者は顔を知らぬが、白鼠《しろねず》の羽織だから間違いない。貴殿らが来るほんの少し前だ」

「ちと早くないか……」

「進藤様、早くしないとそのお福って女中が――」

「黙れ」

一喝《いっかつ》されて、慎太郎は口を噤《つぐ》む。だが内記が何に疑問を持っているのか判らず、慎太郎は小声で藍助に尋ねた。

「何がおかしいんだ……？」

「この火元は五つ目だよ。すでにあちこちで火消が始まっている……尾張藩火消も当然そっちに合流する。一人でいること自体がおかしい」

藍助の推理は的を射ていたようで、内記は小さく頷いた。

「それが下手人という線もある」

「えっ――」

慎太郎と藍助の吃驚《きっきょう》の声が重なった。

「藍助はその男が出て来ぬか外で見張れ」

「解りました」

「慎太郎、中へ踏み込むぞ」

内記は近くにあった天水桶《てんすいおけ》から手桶で水を汲むと、慎太郎の頭にぶちまけた。続いて自分も頭から被る。鬢《びん》から零れた髪が頬に張り付いている。

「前回同様、離れるな」

「はい！」

内記は腰から指揮用の鳶口《とびぐち》を抜くと、屋敷の中に飛び込んだ。慎太郎もそのすぐ後ろにぴたりとへばりつくようにして続く。

「まだ、煙が少ない。女中を捜す」

内記は周囲を見回しながら素早く指示を出し、奥へ奥へと歩を進める。屋敷の中は入り組んでいるが、そこに一切迷いは見えない。

「こっちは……」

「そちらならば自力で逃げられる。女中が逃げ出せぬということは、爆風に巻き込まれて動けぬ。あるいは煙を吸い込んで卒倒《そっとう》している」

慎太郎は内心でなるほどと唸った。改めて現場には教練では学べぬことがあると思った。もっともそれは内記のような熟練の火消と共にいるからである。

奥に進むにつれて煙が濃くなり、肌もひりつき始めた。火元に近づいている。

「下手人かもしれぬ。そちらにも気を配れ」

内記は静かに言うと、左手に鳶口、右手は刀の柄といった構えを取り、さらに進む。

薄煙が立ち込め廊下が赤く染まっている。火元の部屋である。内記はその前で一度足を止めると、さっと部屋の前に立って中を検《あらた》めた。

「よし」

内記が鳶口で招く。冷静であるから火勢はまだ大したことがないのかと思ったが、慎太郎は中を見て驚愕した。部屋の中央で壁のように炎が立ち上がり、穴の空いた屋根を突き抜けて天に噴き出している。凄まじい火勢であるが、そのせいで部屋の煙は思いのほか少なかった。

内記は袖で口を覆いながら身を屈め、前回と同じように視線を畳に這わせた。

「間違いないようだ。剝《は》がせ」

「畳を……？」

慎太郎は吹き付ける熱風に顔を顰めながら訊き返した。

「床板もだ。その下に何かがある。それが爆ぜる正体だろう」

「わ、解りました！」

その時、部屋の奥、炎の壁の向こうから何か物音がした。内記はさっと立ち上がる。

「私は奥を確かめる」

奥にまだ部屋があるのが朧《おぼろ》げに見える。だが、焔の壁が遮っており、それを越えねば踏み込めない。

「無理です！」

「心配は無用だ」

内記は何を思ったか鳶口でもって壁に手早く数箇所の穴を穿《うが》った。ゆらりと宙が歪《ゆが》んだような錯覚を受けた。すると焔の壁が目に見えぬ力に引かれるように傾き、先ほどよりも明らかに薄くなっているのが判った。

「これは……」

「一方方向戦術《いっぽうほうこう》という。これを使え」

「えっ、はい」

鳶口を差し出され、言われるままに慎太郎は受け取った。

「剝がしておくのだ」

内記は言い残すと、薄くなった炎の壁の中に飛び込んだ。

「あっ——」

慎太郎が声を上げた時には、すでに内記の姿は赤に隠れた。

炎の知識、火事場での経験、血路を開く胆力、全てが段違いである。己は余計な心配をすることなく、言われた通りにしていればいい。そう思い定めて炎の浸食を受けていない部分の畳を剝がした。すぐに床板が見え、それにも鳶口を突き立てて剝がしていく。熱は上に向かう性質があるため、床下からひんやりとした風が流れ出て頰を冷やした。

「やったか」

はっとして顔を上げると、内記が早くも戻って来ている。火消羽織の端がちろちろと燃えており、忌々《いまいま》しげに手で払っている。

「はい。そちらは？」

「先にこちらだ」

内記は開けたばかりの穴に頭を突っ込んだ。暫くすると頭を引き抜き、今度は揺れる炎の壁を見る。そしてまた床下を覗《のぞ》き込んだ。何かを見比べている様子である。

「間違いない。何か影が見える……」

内記は床下にくぐもった声を響かせた。

「本当ですか」

「ああ、その真上辺りで炎の勢いが強かったようだ」

内記は床下から顔を上げて言った。

「じゃあ、今すぐ取りましょう」

「いや、得体が知れぬ以上、今は触れるのも危うい。鎮火後に探索するほかない。退《ひ》くぞ」

慎太郎の手から鳶口を素早く奪うと、内記は早くも外に向けて歩み出した。

「ま、待って下さい。女中を見つけないと！」

慎太郎は追い縋ったが、内記は顔を背けて息継ぎをして脚を緩めない。

「先ほど入ったこの奥に、恐らく娘がいた」

「そんな」

中で絶命した女中を発見した。慎太郎はそう取って言葉を詰まらせた。

「早合点《はやがてん》するな。すでに娘は屋敷を抜けた」

「えっ……何処《どこ》から、どうやって」

「崩れた屋根板に頭を打って気を失ったのだろう。下敷きになって倒れていたと見た」

廊下の襖は黒い紋様を浮かべつつ焦げ始めている。ぶすぶすと鈍い音が重なり響いている中、内記はさらに続けた。

「屋根板に鳶口を突き立てた跡があった。刺してどかしたのだろう。先に入ったという『尾張藩火消』が助けだしたということだ」

「しかし、何処から抜けたのです」

　構造を鑑《かんが》みるに、内記が踏み込んだのが最も奥の部屋。つまりは炎の壁を越えねば逃げ道などどこにもないのだ。火消ならばともかく、怪我を負った女中が越えるのは難しい。何よりもしそうならば、己たちと鉢合わせねばおかしいのである。

「違い棚の上に、三尺四方ほどの穴が空いていた。これも鳶口でこじ開けたものだ」

「まさか……」

「娘を抱えて天井裏に上がり、さらにそこから野地板《のじいた》を剝がして外に出るつもりだ」

「なら外に出て助けましょう」

　尾張藩火消は屋根の上に立つ頃。女中を抱えているとなれば降りるのも容易ではない。下から梯子を掛けるなどして助けてやらねばならない。

「胡乱《うろん》なことだ」

屋敷の出入り口までもう間もなくとなったところで、内記は目を細めつつ零した。

「何がでしょうか」

慎太郎は頰に掛かった火の粉を払い除けながら訊いた。

「先ほど、お主も物音を聞いたな」

「はい」

「つまり我らがあの部屋に辿り着いた時、尾張藩火消は部屋の奥にいたことになる。何故、我らの声を聞いていながら手助けを求めない」

「それは……下手人だったということですか」

「いや、誰かを助けた痕跡は確かにある。解《げ》せぬな」

内記が顎を傾けたその時、屋敷の外から喊声《かんせい》が聞こえた。十人や二十人の声ではない。百は優に超えている。火消が駆け付けて気勢を上げているのだ。

「勝手口に回るのは厳しそうだ」

内記はちらりとこちらを窺った。己は火事場に出てはならぬ身で、火消の中に見知った者がいれば些《いささ》か面倒なことになる。

「構いません」

外では藍助が屋敷の炎の動向、入ったという尾張藩火消が出てこないか注視しているのだ。これを放っておく訳にはいかず、慎太郎は腹を括《くく》った。開け放たれた戸から光が差し込んでいる。やがて外の景色もはきと見える距離まで来た。

——新庄藩か！

慎太郎は覚悟を決めて頬を苦く歪めた。外を囲むのは紺の羽織、半纏の火消たち。その中に松永源吾の姿があった。それだけではない。黒染めの羽織の者たちも交《ま》じっている。中には指揮棒を持つ大音勘九郎の姿も見えた。前を行く内記もそれに気付いたようで、小さく舌打ちが聞こえた。

「進藤様……」

二人は屋敷を飛び出したが、誰もこちらを見ていない。その場にいる全員が屋根の上を見上げ、しかも石になったかのように動きを止めている。その顔は一様《いちよう》に驚愕に染まっている。

「これは驚いた」

内記が振り返って口で手を覆う。慎太郎は勢いよく身を翻した。

「この男が……尾張藩火消……」

屋根の上に火消羽織を着た男が立っている。

気を失っているのか、死んでいるのか。項垂《うなだ》れた女を抱えている。それなのに火消たちは何故か一向《いっこう》に助けに動こうとしない。蛇《へび》に睨まれた蛙《かえる》の如く未だに動きを止めている。

——あれはどこかで……。

屋根の上の男は、穴から噴出する炎を背景に衆を見下ろしている。火影となっているせいでその表情ははきと見えない。ただ巻き起こる熱風で靡《なび》く火消羽織。その裏地の紋様に慎太郎は見覚えがあった。

誰かと同じものではなかったか。そう考えた時に答えが閃《ひらめ》き、慎太郎ははっと首を振った。

——松永様のものと同じ。

羽を広げる鳳凰《ほうおう》の意匠《いしょう》である。

その松永様は皆と様子が異なる。歯を食い縛って上を睨《にら》みつけているその表情からは、怒り、哀しみ、そして微かな喜びされも交《ま》じっているように感じるのは気のせいか。

屋根の男へ再び目をやった時、言い知れぬ不安が胸に込み上げてきて慎太郎は喉《のど》を鳴らした。

三

源吾と新庄藩火消は五つ目の爆発が起こった火元に駆け付けた。つい先刻のことであるため、どこかの大名火消の鳶と思《おぼ》しき七、八人が疎《まば》らに駆け付けたのみである。屋敷から逃げて来た者たちが、離れて一塊《ひとかたまり》になっているのも見えた。どうやら爆風で怪我を負った者がいるらしく、その手当を行っているらしい。

「新庄藩だ。逃げ遅れた者は⁉」

「女中が一人、まだ屋敷の中に！」

すでに聞き取ったのだろう。地獄の中で仏を見たというような顔となり、鳶の一人がすかさず答えた。これまでの火事では主人が居室にいる時に爆発が起きた。そのため主人一人のみが死んでいる。

「てめえら、茫と突っ立ってんじゃねえ。俺が入る！」

「いえそれが！　すでに三人、入ったようです！」

多くの火消で突入すれば、却《かえ》って現場が混乱に陥る。それをこの火消たちも知っており、援軍が駆け付けるのを待ちつつ水を集めるなどの消火準備に奔走していたらしい。

「どこの火消だ」

「一人はどうも尾張藩火消のようです。名は知れず」

「尾張藩火消……？」

先ほど現場に、中尾将監が尾張藩火消を引き連れて駆け付けていた。纏まった人数がおり、とても二手に分かれたようには見えず、何よりこの現場に尾張藩火消がいない。単独で行動していたということか。

「残る二人は？」

源吾が尋ねると、火消たちは一斉に同じ方向を向いた。眉を顰《ひそ》めながらそちらへと視線を走らせると、何とそこには藍助の姿があるではないか。

「お前……何してんだ！」

藍助はびくんと肩を動かしたものの、口を真一文字に結んでじっと源吾を見つめた。

「説明しろ」

源吾は藍助の元へと近づき、低く言った。

「慎太郎が中にいます……」

「お前らは出るなって命じただろうが。何で止めねえ」

「慎太郎は梃子《てこ》でも動きません。止められないなら……せめて私も一緒に」

「馬鹿野郎！」

源吾が藍助の襟《えり》を摑《つか》んで引き寄せたが、慌てて寅次郎が間に入った。

「御頭、落ち着いて下さい」

「だがお前――」

顔を引き攣《つ》らせる藍助をそっと押しやり、寅次郎は源吾に耳打ちした。

「法度《はっと》破りは儂《わし》たちのお家芸。とても言えた義理じゃあないです。それに御頭がこのくらいの年なら、きっと同じことを……このことは後にして、まずは」

現在、新之助を探索に放っている。さらに初めに駆け付けた現場では水番が不足、近くで二つ爆発したことで熱風が荒れており、仙助が負傷するほど屋根は危険、故に武蔵、星十郎、彦弥の三人を置いて来ている。反対に壊し手の数は十分であったため、主だった頭の中では寅次郎だけを引き連れて来ている。

寅次郎としては今こそ己を補佐せねばと思っているのだろう。

「解った。こいつらのことは後だ」

源吾が言うと、寅次郎は大きく頷いて藍助に尋ねた。

「藍助、慎太郎が入ったというが、あと一人は誰だ？」

「それは……」

「御頭！」

藍助が答えかけたその時、己を呼ぶ声が聞こえて振り返った。

「新之助か！」

新之助が二十間ほど先の路地を折れて来たのである。道ではない。足場の悪い瓦塀の上をこちらに向かって走って来る。さらに曲がって来たのは新之助だけではない。そのすぐ後ろには大ぶりな唐笠を被った男、日名塚要人の姿も続く。源吾は立て続けに訊いた。

「何があった⁉」

「説明は後です。日名塚様と合力《ごうりき》しております！」

下手人が火を付けて回っているとすれば、最も新しい爆発の許にいると考えるのが自然である。経緯は判らないが要人と協力し、下手人の捕縛に向けて動いているのだと解った。

「ここは抑える。お前は屋敷の周囲を！」

「この火勢を抑えるためには、今少し味方が必要です。私が援軍を呼びに行ったほうが――」

「心配ねえ。もうすぐ来る！」

源吾は振り向かぬまま後方を指差した。先程より道を開けろと連呼する声、加えて野次馬の歓声が耳に届いている。現れるだけで現場の士気を高揚させ、江戸の庶民に勇気を与えるあの集団を呼ぶ声である。

「加賀鳶だ――」

新之助とは反対の路地から漆黒の一団が飛び出して来た。数は百ほど。先頭の数騎の中には、大頭の大音勘九郎、副頭の詠兵馬の姿もある。火事場においてこれほど心強い援軍は無い。

「松永、状況を」

勘九郎はすぐ近くまで来ると、舞うように下馬しながら尋ねた。その間に兵馬が寅次郎と持ち場を相談し、早くも配下を展開させる。

「中に女中が一人。火消が三人助けに入ってる」

源吾は出来るだけ簡素に説明した。

「よし。その三人が出たと同時に一気呵成《いっきかせい》に叩くのだな」

「ああ」

源吾も全く同じ考えであった。幾ら火元に影響ないように潰そうとしても、多少なりとも瓦礫《がれき》は飛ぶ。爆発の原因が何か解らない以上、火元に刺激を与える訳にはいかない。女中の救出が最優先である。

「お主のほうが現場を把握している。指揮を……俺を使え」

勘九郎は鼻を鳴らして指揮棒を腰に捻《ね》じ込んだ。中尾と違って火事場において何が重要か流石によく解っている。百万言より、大音勘九郎が指揮を委《ゆだ》ねると言い切ることが己を冷静にさせた。

「竜吐水がねえ。頼む」

「解った」

勘九郎は四機の竜吐水を伴って来ている。いずれも最新のもので、二機ずつ左右に分けて両側の延焼を防ぐように指示を飛ばす。

「兵馬！　頼めるか！」

源吾は指示を終えた兵馬を呼んだ。

「無論。今、視ている」

すでに兵馬は足を動かしながら炎が上がる屋敷を凝視《ぎようし》している。兵馬は横から建物を見るだけで、天から見下ろしたように構造を把握するという特技を有しており、そのことから「隻鷹」の異名で呼ばれている。一方より二方、三方、四方と視れば視るほどその精度は高まるのだ。

「よくある武家屋敷の造りと考えて間違いあるまい。西の柱を半ばまで抜き、南の柱を抜く。そして残る西を抜けば、大黒柱に手を掛けずとも屋敷は往来に傾く」

兵馬は淀《よど》みなく一気に口を動かした。源吾は頷くと寅次郎に向けて言った。

「壊し手は西側へ回って待て。火消が出て来たら一気に行くぞ！」

改めて屋敷の者に聞き取ったところによると、尾張藩火消らしき者が入ったのは少し前。それから間もなく慎太郎たちが突入したらしい。見つかろうが、見つかるまいが、もうそろそろ煙が充満してきて出ねばまずい頃である。源吾は今か今かとその時を待った。

新之助と要人は下手人が近くにいないかと、野次馬、屋敷の者を問わず周囲の者の面相を確かめている。その新之助が一際大きな声を上げた。

「御頭！　あれを！」

屋根の上を指差している。瓦がばらばらと崩れ落ち、鳶口が突き出ている。それで源吾は突入組が退路を断たれたのだとすぐに悟った。何故ならば己がもし同じ窮地に陥った時は、やはり天井裏から野地板を破って脱出することを考えるからである。

煙と熱で宙が歪んでいるため至極見にくいが、這《は》い上がってくる人影が見える。それが女中を背負った火消であると解った。

「あれは……尾張藩火消？」

火消から歓声が上がる中、源吾は小さく呟いた。

背を向けており顔は見えない。だが、羽織の色は白鼠で確かに尾張藩火消のものである。

「すぐに梯子を用意しろ！　女を引き取れ！」

勘九郎がいち早く指示を出したのは、己が茫としているからであろう。屋根の火消と、脳裏《のうり》に焼き付いた残像が似過ぎているのだ。

火消が振り返る。時が圧されたように、景色がゆっくり流れる。それに合わせて火消と残像が一つに重なっていく。

「そんな……」

一瞬のうちに喉が干上がり、己でも憐《あわ》れなほど声が震えた。火消からは喜びの声、勇猛《ゆうもう》を讃《たた》える言葉、助けろとの指示が入り混じって巻き起こっている。

「松永！」

勘九郎が吼《ほ》えるが、その声も遠くに聞こえる。そして周囲の火消はそれが何故、悲痛の色を帯びているのか気付かない。

衝撃があまりに強すぎたせいか、躰の中が全て綿《わた》になったかのように己の意思では動かない。金縛りを振り払ったのは、くたびれた手拭いで額《ひたい》を拭きながら頼りない笑みを浮かべる父の姿であった。

「伊神……甚兵衛!!」

源吾が天に向けて叫んだ時、この場にいる全ての吃驚《きっきょう》が重なった。

亡霊の類《たぐい》ではない。人は生きている限り時からは逃れられない。裏を返せば老いこそが生きている証と言える。こちらを見下ろす甚兵衛もまた、己が見知っている頃よりも歳を食っている。そして右の頬を中心に、顔の半《なか》ばまで酷《ひど》い火傷の痕《あと》が刻まれていた。

「源吾」

ごうごうと燃え盛る焔の声に掻き消され、誰にも聞こえぬだろう。ただ源吾だけには甚兵衛の呟きが聞こえた。

羽織が熱風に大きくなびき、裏地に刺繡された鳳凰が覗き見える。己の火消羽織とは反対の方向を向いている。いや、己が全く同じとは畏《おそ》れ多いと反対を向かせた意匠を選んだのだ。

「これは驚いた」

目の端に捉えた。甚兵衛に注意を奪われているうちに、屋敷から二人の火消が出て来ており、両者とも異変に気付いて屋根を見上げている。一人は藍助から聞いていた通り、い組の慎太郎である。そして感嘆に似た声を上げたのは、

――内記……。

だった。何故、慎太郎と共に行動しているのか皆目《かいもく》解らない。が、今はどうでもよかった。一瞬たりとも目を離すまいと凝視し続けている。

「鳥越殿、捕縛を！」

「はい！」

時にして呼吸を数度するほどのものだったのだろう。長く感じた硬直《こうちよく》をいち早く破ったのは日名塚要人であった。新之助が応じて隣の屋敷の屋根へと上ろうとする。

「鳥越……？」

甚兵衛はちらりと声のほうを見て呟く。こんな小声さえも源吾の耳は捉えてしまう。

「あんた何で生きてんだ！」

「重内殿には感謝している」

「てめえ！」

我慢の限界を迎え、源吾も梯子を取りに走ろうとした時、後ろから羽交《はが》い締《じ》めされた。兵馬である。

「松永、気を鎮《しず》めろ」

「何を悠長《ゆうちょう》な――」

「梁にも火が移っている。大勢で屋根に上れば崩れる恐れがある。鳥越、日名塚が捕らえるのを待て」

「くそっ」

歯を食い縛る源吾から、甚兵衛は勘九郎へと視線を移した。

「大音様の御子だな」

「いかにも」

「囲みを解いて頂きたい」

「出来ぬ相談だ」

「女が死ぬことになる」

「何……」

尾張藩を狙う動機、未だ手法も摑めぬ卓越《たくえつ》した炎の扱い、火事場へ姿を見せたこと、全て甚兵衛が下手人であることを指し示している。外に火消が駆け付ける頃と察し、人質にするために敢《あ》えて救い出したのだろう。

「二度は言わぬ。囲みを解け！　一町下がるのだ！　さもなくば女を焰に投げ込むぞ！」

「うるせえ！」

火傷の痕を引き攣らせて発する甚兵衛の叫びに、源吾は即座に身を振って吼えた。止めろ、許せない、などではなくそう口を衝《つ》いて出たのは、そんなことを甚兵衛の口から聞きたくなかったからかもしれない。

「お主の頭を止めろ」

兵馬の力が一層強くなり、寅次郎にも押さえるように言った。寅次郎は胸に太い腕を回して己を押さえ込んだ。

「寅……放してくれ……頼む……」

源吾は嗚咽《おえつ》を懸命に抑えながら訴えた。

「御頭……お願いします」

寅次郎は口を真一文字に結んで首を横に振った。

「貴様らも近づくな。女が死んでもよいか！」

甚兵衛は、隣の屋敷の屋根に上った新之助と要人に向けて言い放った。

「くそ……」

新之助は顔を歪めて足を止めたが、要人は構わずに進んだ。

「止まれと言うのが聞こえぬのか」

気を失ってぐったりとした女中を脇に引き上げ、甚兵衛は炎に向けて近づいた。

「その手は私には効《き》きませんな」

唐笠をくいと上げ、要人は甚兵衛に向けて顔を見せた。

「貴様はあの時の男か」

「抗《あらが》うならば斬る」

要人は冷たく告げた。

「女はよいのか……？」

「残念でござる」

「待て!」

源吾の叫びも虚《むな》しく、要人が柄に手を掛け、瓦屋根を蹴って突き進もうとした。その刹那、赤光が二筋煌《きら》めいた。その一つは新之助の抜き打ち、もう一つは身を翻してそれを受けた要人の刀である。

「させません」

新之助は抜刀するや高速で峰《みね》を返している。要人の背を打って気絶させようとしたのだ。その僅かな遅れが要人に迎撃出来る余裕を生んだ。

「今、奴を斬らねばまた同じことが起きますぞ。そうなれば女中一人の命では済まぬ」

鍔《つば》迫《ぜ》り合いの中、要人が絞るが如く言うのが聞こえた。

「命の数を言い出せば火消は終わりだ」

「甘いことを……」

「新庄藩は……ぼろ鳶は御頭をはじめ、皆がその甘さを諦めないんですよ」

「同盟は決裂ですな」

火明かりに照らされた一つの影が、ぱっと二つに分かれ、凄まじい斬撃の応酬が繰り広げられる。あまりにも速い攻防に、金属音が途切れなく響く。

今なお燃え続ける屋敷、内記と新米の二人、切り結ぶ新之助と要人、そして死んだはずの伝説の火消が下手人として再来。現場は混乱を極め切っており、火消たちは呆然とするか、何をすればよいのか判らず右往左往《うおうさおう》している。

「御頭！　今のうちにどうにか――」

新之助は言いかけて刺突《しとつ》を躱《かわ》す。新之助が峰を返し続けているのに対し、要人は容赦《ようしゃ》なく攻めている。

「殺すつもりですか」

「そうでもないと、とっくにやられている」

要人は刀を袈裟に斬り下ろす、新之助はそれを弾《はじ》くようにいなす。新之助が抑えている今のうちに決断を下さなければならない。

どんな時も命を救う。新之助の一言で原点に立ち戻った気がする。それと同時に己でも驚くほど冷静になっていくのが分かった。源吾は深く息を吸い込むと、細く、長く、研《と》ぎ澄ますように吐いた。

「寅、兵馬、もう大丈夫だ」

「御頭……」

源吾は寅次郎の手をそっとのけると、兵馬も力を緩めた。

「女を救わなきゃならねえ。俺以外でいいな？」

源吾は炎を背負う甚兵衛に向けて言った。

「よかろう」

「勘九郎！」

「うむ。一町退くぞ！」

勘九郎も応じ、潮が引くように火消が火元から離れ始める。屋敷から逃れた者に肩を貸し、あるいは担いでいく。

「内記、てめえもだ」

内記は煤《すす》のついた頰をつるりと撫でて鼻を鳴らし、無言で立ち去ろうとする。それでも慎太郎は躊躇《ためら》っているようだったが、内記が袖をぐいと引いていった。

「寅、皆を頼む」

心配する寅次郎にも今一度声を掛け、皆が去った後も源吾は一人留まった。自然、己と甚兵衛だけが屋根の上と下で対峙することとなる。

「あれは無理だ」

源吾はなおも白刃《はくじん》を斬り結ぶ新之助と要人を指差し、甚兵衛に向けて言った。

「解っている。ここに置く。連れて行け」

甚兵衛は女中を屋根に横たわらせた。瓦に頭が触れる直前、手を添える優しい所作《しょさ》である。それはかつて己が憧れていた頃の甚兵衛の姿そのものだった。

「伊神様……降《くだ》って下さい」

己の中に微かに残る憧憬《どうけい》にもう逆らうことなく、源吾は静かに呼びかけた。

「源吾、心配するな。俺は間もなく死ぬ。だが、やらねばならぬことがあるのだ」

病《やまい》にでも冒《おか》されているのだろうか。老いているからだろうか。確かに往年の甚兵衛に比べて酷く疲れているように見えた。

「最後に、残った復讐をしようってことですか」

「いや……」

甚兵衛はそこで言葉を切って、背後の火柱を一瞥して続けた。

「この火付けは俺が止める」

「なっ……一体それはどういう――」

「過去の因縁《いんねん》は亡霊に任せ、お前たちは今の江戸を守れ」

甚兵衛はそう言い残すや否や、身を翻して駆けだした。こちらが呼び止める声が虚しく響くのみ。甚兵衛は燃え盛る炎が噴き出す穴を躊躇いなく飛び越えた。

要人が気付いたのはその直後、刀を引っ下げたまま後を追う。人質が解放された今、新之助ももはや要人を止めようとはしない。

「新之助、女中を助けろ！」

「はい！」

新之助は端《はな》から甚兵衛ではなく、横たわった女中のもとに向かっていた。すぐ傍らに膝を突くと、口に耳を当てて息を確かめ、嬉しげな顔でさっと手を上げた。女中は生きており、甚兵衛の言うことは嘘ではなかったということになる。

源吾はすかさず指笛を鳴らした。後退していた火消たちが一斉に戻って来て、あっと言う間に元の持ち場へと戻る。屋敷には梯子が掛けられ、女中を背負った新之助が地に降り立った。すぐに女中の容態《ようだい》を確かめさせたが、頭を強く打って血を流しているものの、気絶しているのみで大事はなさそうとのことだった。

「松永……」

勘九郎が声を掛けて来た。

「ああ、何から何まであの時と同じだ」

怪奇な火付け、火消連合、新米鳶の現場への自粛、さらには「炎聖」伊神甚兵衛の登場まで重なるとは夢にも思わなかった。何から何まで定規《じょうぎ》で線を引いたかのように、十八年前の大学火事をなぞっているようである。

「追っているのは日名塚か。厳しいだろうな」

「ああ、歳を食っても炎聖の名は伊達《だて》じゃあねえ」

伊神甚兵衛は卓越した指揮の力、配下を纏める求心力が特筆して語られるが、個としても極めて優れた火消である。当時の江戸では屋根に上がって纏番をさせても江戸で一、二の実力。竜吐水の扱いも並の水番の追随《ついずい》を許さない。力士を投げ飛ばすほどの腕力に加え、風読みにも頗《すこぶ》る長けている。さらに武士としても一流で、尾張柳生新陰流《やぎゅうしんかげりゅう》の皆伝《かいでん》を持っていた。

言わば、彦弥、武蔵、寅次郎、星十郎に匹敵《ひってき》する才を同時に有し、さらに新之助並に剣を遣う。そこに己を上回る指揮の力を持っているのだ。まさに火消になるために生まれたのではないかという傑物《けつぶつ》であった。

故に江戸の民は甚兵衛の活躍に熱狂し、子どもたちはいつか甚兵衛のような火消になりたいと憧憬《どうけい》を抱いたのだ。

「逃げられたな」

源吾は小さく零した。甚兵衛は屋根から屋根へと素早く飛び移り、今は豆粒ほどの大きさになっている。追跡する要人の姿も見えたが、かなりの後《おく》れを取っていた。甚兵衛はついに羽織を靡かせて屋根からも降りたのが見えたのだ。

「伊神殿……いや、伊神甚兵衛は何と？」

勘九郎の問いに、源吾の脳裏に先ほどの懐かしい声が蘇《よみがえ》る。

——この火付けは俺が止める。

確かに甚兵衛はそう言った。苦し紛《まぎ》れの言い訳をする男ではない。十分に人を変貌させる時が流れており、すでに己の知っている甚兵衛ではないのかもしれない。そう思おうとはするものの、やはり源吾は嘘を吐いているようには感じなかった。

言っていることが真実ならば、甚兵衛は下手人ではないことになる。では何故、この場にいたのか。十八年もの長い間潜伏していながら、何故今更現れたのか。全てが謎《なぞ》である。

「まずはこの火事を止める。話はそれからだ」

そう答えたのも、

——お前たちは今の江戸を守れ。

という甚兵衛の言葉が頭を過ったからかもしれない。

源吾はこの現場を勘九郎に委ね、五つの火元を駆け巡って全体の指揮を執った。すでに伊神甚兵衛を名乗る者が出現したという噂は各現場にも届いており、初めは相当の動揺が見られたらしい。だが各現場で指揮を執る者たちが、異口同音《いくどうおん》に今は眼前の炎に集中しろと鎮めたらしい。

最も早く鎮火させたのは三つ目の爆発の火元を担当した漣次である。

「俺が立つ」

と、数年ぶりに自ら纏を握って屋根に上がり、配下を鼓舞《こぶ》しつつ上から巧《たく》みに指揮を執った。

次に火を退《しりぞ》けたのは四つ目を担った秋仁。日頃から府下最大人数を率《ひき》いるこの町火消は、

「小人数で駆け付け、居場所のない組はどんどんうちに集めろ！」

と、合流する新手の火消を的確に指揮下に組み込み、数での力押しに成功したのである。

五つ目、つまり甚兵衛が現れた火元を担当する勘九郎はやや苦戦した。甚兵衛の騒動のせいで初動に遅れが出たためである。それでも各地に散っていた配下のうち、加賀鳶三番組組頭の一花《いっか》甚右衛門、四番組組頭福永矢柄が合流したところ

で、ここが頃合いと一気に反攻に出た。こうなれば加賀鳶の独壇場《どくだんじょう》で、あっという間に炎は音を上げることになったのである。

最も手を焼いたのは一つ目、二つ目を受け持った麴町定火消、尾張藩火消、新庄藩火消の主力である。二つの火元が二軒隣ということもあり、ただでさえ他の現場よりも火勢が強い。星十郎が風を逐一《ちくいち》教え、武蔵は延焼を防ぐ。何とか間の屋敷を除いたものの、流石に類焼の兆《きざ》しが出て来た。小康《しょうこう》を得かけた漣次、秋仁のところから人を回そうとした矢先、

「松永様！　遅参《ちさん》しました！」

と、柊与市が百人の仁正寺藩火消を率いて駆け付けた。頭の与市自身が外に出ていたため、参集に手間取ったとのことであったが決して遅い訳ではない。近隣ですら駆け付けていない火消もいる。

体力が十分に残っている仁正寺藩火消を主力に置き換え、源吾が自ら指揮を執ることでこの炎も遂《つい》に陥落させた。これが出火から四刻半（約九時間）のことである。ややもすれば一から五の全ての炎が合流し、大火焔となって暴れ回ることも考えられたが、火消たちの活躍によって全焼の屋敷が五、半焼が九に抑え込むことが出来たのである。

甚兵衛が担いでいたお福という女中も含め、怪我人は皆が命に別状なかった。だが死人が二人出た。一人は一つ目の火元の屋敷の主人。これは爆発した部屋にいたようで即死とみられる。

二人目は僅か二歳の幼子であった。三つ目の火元が爆ぜた時、母が寝ている子のもとに駆け付けた時には息がなかったという。初めに噴き出した大量の煙を吸い込んだらしい。漣次のい組で蘇生を何度も試みたが、ついに戻って来ることはなかった。このような光景を何度も見ている漣次でさえ、泣き崩れる母のあまりの痛ましさに掛ける言葉がなかったという。

現場の処理を終え、火事場見廻に引き渡したのは鎮火からさらに二刻（約四時間）後のこと。源吾は各組の頭に向け、

「明日の正午。仁正寺藩上屋敷でもう一度集まる」

と、宣言して帰路についた。

新庄藩火消を解散させ、源吾が家に帰った時には、夜はすっかり更《ふ》けて日も変わっていた。

「お帰りなさいませ」

すでに尾張藩中屋敷の火事の報せは府内に広まっていたのだろう。深雪は眠ることなく待っていてくれた。

「何かお食べに……」

「すまねえ。寝る」

源吾は短く言って布団に潜《もぐ》り込んだ。深雪も顔を一目見た時から、己の異変に気付いていたのだろう。それ以上は何も言うことはなかった。

その夜、源吾は布団の中で声を殺して久しぶりに泣いた。伊神甚兵衛のこと、進藤内記のこと、この火付けを止めなければならない重圧、そして何より幼い命を救えなかったこと。様々なことが一気に押し寄せ頭を掻き乱した。

――親父。あの時に何があった。

心の中で呼びかけるが、当然答えは返ってこない。ただ脳裏に浮かぶ父は、いつもの情けない表情ではなく、何故か凜とした顔付きだった。最後に見た父の顔である。


（下巻に続く）

一〇〇字書評

切・り・取・り・線

購買動機（新聞、雑誌名を記入するか、あるいは○をつけてください）

□（　　　　　　　　　　）の広告を見て	
□（　　　　　　　　　　）の書評を見て	
□ 知人のすすめで	□ タイトルに惹かれて
□ カバーが良かったから	□ 内容が面白そうだから
□ 好きな作家だから	□ 好きな分野の本だから

・最近、最も感銘を受けた作品名をお書き下さい

・あなたのお好きな作家名をお書き下さい

・その他、ご要望がありましたらお書き下さい

住所	〒				
氏名		職業		年齢	
Eメール	※携帯には配信できません	新刊情報等のメール配信を 希望する・しない			

この本の感想を、編集部までお寄せいただけたらありがたく存じます。今後の企画の参考にさせていただきます。Eメールでも結構です。

いただいた「一〇〇字書評」は、新聞・雑誌等に紹介させていただくことがあります。その場合はお礼として特製図書カードを差し上げます。

前ページの原稿用紙に書評をお書きの上、切り取り、左記までお送り下さい。宛先の住所は不要です。

なお、ご記入いただいたお名前、ご住所等は、書評紹介の事前了解、謝礼のお届けのためだけに利用し、そのほかの目的のために利用することはありません。

〒一〇一－八七〇一
祥伝社文庫編集長　清水寿明
電話　〇三（三二六五）二〇八〇

祥伝社ホームページの「ブックレビュー」からも、書き込めます。

www.shodensha.co.jp/bookreview

祥伝社文庫

襲大鳳《かさねおおとり》（上）　羽州《うしゅう》ぼろ鳶組《とびぐみ》

令和 2 年 8 月 30 日　初版第 1 刷発行
令和 5 年 12 月 15 日　　　第 6 刷発行

著　者　今村翔吾《いまむらしょうご》
発行者　辻　浩明
発行所　祥伝社《しょうでんしゃ》
東京都千代田区神田神保町 3-3
〒 101-8701
電話　03（3265）2081（販売部）
電話　03（3265）2080（編集部）
電話　03（3265）3622（業務部）
www.shodensha.co.jp

印刷所　堀内印刷
製本所　ナショナル製本
カバーフォーマットデザイン　中原達治

Printed in Japan ©2020, Shogo Imamura　ISBN978-4-396-34594-5 C0193

祥伝社文庫の好評既刊

今村翔吾
火喰鳥《ひくいどり》
羽州《うしゅう》ぼろ鳶組《とびぐみ》

かつて江戸随一と呼ばれた武家火消・源吾《げんご》。クセ者揃いの火消集団を率いて、昔の輝きを取り戻せるのか!?

今村翔吾
夜哭烏《よなきがらす》
羽州ぼろ鳶《とび》組②

「これが娘の望む父の姿だ」火消としての矜持を全うしようとする姿に、きっと涙する。最も〝熱い〟時代小説！

今村翔吾
九紋龍《くもんりゅう》
羽州ぼろ鳶《とび》組③

最強の町火消とぼろ鳶組が激突!? 残虐な火付け盗賊を前に、火消は一丸となれるのか。興奮必至の第三弾！

今村翔吾
鬼煙管《おにきせる》
羽州ぼろ鳶《とび》組④

京都を未曾有の大混乱に陥れる火付犯の真の狙いと、それに立ち向かう男たちの熱き姿！

今村翔吾
菩薩花《ぼさつばな》
羽州ぼろ鳶《とび》組⑤

「大物喰いだ」諦めない火消たちの悪あがきが、不審な付け火と人攫いの真相を炙り出す。

今村翔吾
夢胡蝶《ゆめこちょう》
羽州ぼろ鳶《とび》組⑥

業火の中で花魁《おいらん》と交わした約束――。消さない火消の心を動かし、吉原で頻発する火付けに、ぼろ鳶組が挑む！

祥伝社文庫の好評既刊

今村翔吾　狐花火《きつねはなび》　羽州ぼろ鳶《とび》組⑦

水では消えない火、噴き出す炎、自然発火……悪夢再び！　江戸の火消たちは団結し、全てを奪う火龍に挑む。

今村翔吾　玉麒麟《ぎょくきりん》　羽州ぼろ鳶《とび》組⑧

真実のため、命のため、鳥越新之助《とりごえしんのすけ》は江戸の全てを敵に回す！　豪商一家惨殺《ざんさつ》の下手人《げしゅにん》とされた男の運命は？

今村翔吾　双風神《ふたつふうじん》　羽州ぼろ鳶《とび》組⑨

人の力では止められない、最悪の災《わざわ》い火焔旋風〝緋鼬《あかいたち》〟。東と西、武士と町人いがみ合う火消達を一つにできるか？

今村翔吾　黄金雛《こがねびな》　羽州ぼろ鳶《とび》組　零

新人火消・松永源吾が怪火に挑む！　十六歳の若者たちの魂が絶叫する。羽州ぼろ鳶組はじまりの第〝零〟巻。

簑輪　諒　最低の軍師

一万五千対二千！　越後の上杉輝虎に攻められた下総国臼井城を舞台に、幻の軍師白井浄三の凄絶な生涯を描く。

簑輪　諒　うつろ屋軍師

戦後最大の御家再興！　秀吉の謀略で窮地に立つ丹羽家の再生に、空論屋《うつろや》と呆れられる新米家老が命を賭ける！

祥伝社文庫の好評既刊

宮本昌孝　**風魔〈上〉**

箱根山塊に「風神の子」ありと恐れられた英傑がいた――。稀代《きたい》の忍びの生涯を描く歴史巨編！

宮本昌孝　**風魔〈中〉**

秀吉麾下《きか》の忍び、曾呂利新左衛門《そろりしんざえもん》が助力を請うたのは、古河公方氏姫《こがくぼうじひめ》と静かに暮らす小太郎だった。

宮本昌孝　**風魔〈下〉**

天下を取った家康から下された風魔狩りの命――。乱世を締め括《くく》る影の英雄たちが、箱根山塊で激突する！

辻堂　魁　**はぐれ烏《がらす》**　日暮し同心始末帖①

旗本生まれの町方同心・日暮龍平《ひぐれりゅうへい》。実は小野派一刀流の遣《つか》い手。北町奉行から凶悪強盗団の探索を命じられ……。

辻堂　魁　**花ふぶき**　日暮し同心始末帖②

柳原堤《やなぎわらづつみ》で物乞いと浪人が次々と斬殺された。探索を命じられた龍平は背後に見え隠れする旗本の影を追う！

辻堂　魁　**冬の風鈴**　日暮し同心始末帖③

佃島《つくだじま》の海に男の骸《むくろ》が。無宿人《むしゅくにん》と見られたが、成り変わりと判明。その仏には奇妙な押し込み事件との関連が……。

祥伝社文庫の好評既刊